Der Sommer,
in dem alle durchdrehten
(außer mir!)

Endre Lund Eriksen

DER SOMMER, IN DEM ALLE DURCHDREHTEN

(außer mir!)

Aus dem Norwegischen
von Maike Dörries

KOSMOS

Umschlaglayout: Niklas Schütte, Siegburg,
unter Verwendung von Fotomotiven von istockphoto.com und de.123rf.com
(© istockphoto.com/Nr. 29115230, © unclepodger/© de.123rf.com/Nr. 5513071,
© Witold Krasowski)

This translation has been published with the finacial support of NORLA

NORLA
NORWEGIAN LITERATURE ABROAD

Published in agreement with Oslo Literary Agency

Die Originalausgabe erschien 2012 unter dem Titel „Den sommeren pappa ble homo", © 2012, H. Aschehoug & Co. (W. Nygaard) AS, Oslo

Unser gesamtes lieferbares Programm und viele
weitere Informationen zu unseren Büchern,
Spielen, Experimentierkästen, DVDs, Autoren und
Aktivitäten findest du unter **kosmos.de**

FSC www.fsc.org
MIX
Papier aus verantwortungsvollen Quellen
FSC® C014496

ISBN 978-3-440-14904-1
Redaktion: Claudia Steinke
Übersetzung: Maike Dörries
Produktion: Verena Schmynec
Innenlayout und Satz: DOPPELPUNKT, Stuttgart
Druck und Bindung: GGP Media GmbH, Pößneck
Printed in Germany/Imprimé en Allemagne

29. JUNI, 15:33

Der Sommer war echt super, doof nur, dass unsere Papas schwul geworden sind. Wir konnten fast jeden Tag baden. Und haben haufenweise Fische gefangen, manche so groß, dass wir sie behalten und nicht wieder ins Wasser geworfen haben wie die kleinen. (Die haben wir dann an Lisbeths Katze verfüttert, damit unsere Papas gar nicht erst auf die Idee kommen konnten, sie zu grillen – gegrillter Fisch stinkt voll ekelig.) Wir haben Waldhimbeeren gegessen und Erdbeeren auf Dieters Erdbeeracker gepflückt. Und wir sind bestimmt hundertmal auf den Berg gestiegen und haben dagehockt und über Nordfjordbotn geschaut, ohne was zu sagen.

Wir, das sind Indiane, 12 Jahre, und Arvid(sjaur), 13 Jahre. Und dass ja keine Missverständnisse aufkommen, wir sind nicht verliebt oder so! (Bloß, weil wir das hier zusammen ins Gästebuch im nördlichsten Plumpsklo Norwegens schreiben, gehen wir nicht zusammen aufs Klo, falls du das denkst. Wir sitzen jeder brav auf seinem geschlossenen Plumpsklodeckel, weil das der einzige einigermaßen ungestörte und bei Regen trockene Ort ist. In den Wohnwagen und ins Haus können wir nicht, weil dort unsere Papas sind, (und was die da treiben, wollen wir gar nicht wissen – geschweige denn sehen)!

Freundliche Grüße, Arvidsjaur (Sekretär) und Indiane

29. JUNI, 18:03

Ich bin zurück auf dem Plumpsklo. Alleine. Hab mich hergeschlichen, nachdem Indiane zu sich nach Hause gegangen ist. Tut mir echt leid, aber ich muss das Gästebuch aus dem Verkehr ziehen. Papa ist erst seit ein paar Stunden schwul und für den Fall, dass er es sich vielleicht doch noch anders überlegt, kann ich das Gästebuch unmöglich hier liegen lassen, wenn nicht die ganze Welt davon erfahren soll. Indiane versteht das bestimmt nicht. Ihr Vater ist schon ein ganzes Leben lang schwul, jedenfalls ihr ganzes Leben. Sie hatte also reichlich Zeit, sich daran zu gewöhnen. Ich nicht.

Wenn ich das Gästebuch liegen lasse, weiß bald die ganze Welt, zumindest die Touristen, die sich hierher verirren auf das berühmteste Plumpsklo Nord-Norwegens, dass Papa schwul ist. Es war sogar mit Foto in *Toilets of Europe* abgebildet, in der Magazinbeilage der Zeitung *Dagbladet*. Die Leute fahren riesige Umwege, um ein Foto zu schießen, echt wahr! Wir haben schon mehrere Touristen anhalten und sich grinsend auf der kleinen Treppe von Vattern fürs Familienalbum ablichten lassen gesehen. Hallo, das ist nur ein Plumpsklo!?

Okay, ein ziemlich cooles Plumpsklo. Mit Stromanschluss und Discokugel an der Decke und Glühbirnchen, die in allen Regenbogenfarben leuchten. An den Wänden hängen Bilder von irgendwelchen Typen mit langen Haaren und Bärten, die aussehen, als hätten sie bei *Planet der Affen* mitgespielt. Wer mag, kann den CD-Spieler mit Discomucke aus der Steinzeit anstellen. Außerdem gibt's noch ein Regalbrett mit zehn unterschiedlichen Düften, von denen man sich nach seinem großen Geschäft einen auswählen kann.

Roger Berg hat sich ganz schön ins Zeug gelegt. Was er übrigens die ganze Zeit tut. Er tischlert und streicht das Haus und läuft mit nacktem Oberkörper rum und trinkt mitten am Tag Bier. Man sollte nicht meinen, dass er schwul ist, aussehen tut er jedenfalls wie ein echter Macho. So einer, der jeden Sonntag zu irgendwelchen Fußballspielen und abends in die Kneipe geht, der nie den Abwasch macht und Kochen femi findet.

Aber Roger Berg LIEBT es, zu kochen (das mit dem LIEBT hat er selbst gesagt). Er kocht so französisches, moderig riechendes Zeugs und Sushi, voll ekelig. Früher war Papa da ganz meiner Meinung, aber in letzter Zeit isst er immer öfter ganz merkwürdige Dinge, Hauptsache, Roger Berg hat sie zubereitet.

Tut mir echt leid, dass ich hier über den Mann ablästere, der dieses weltberühmte Plumpsklo gebaut hat und dem das Gästebuch gehört, in dem ich gerade schreibe, aber glaubt mir, ich habe meine Gründe. Aber vielleicht sollte ich mit dem Anfang beginnen.

Mist – da kommt jemand! Draußen hält ein Auto! Ich muss das Gästebuch verstecken und so tun, als würde ich ein großes Geschäft erledigen. Später mehr.

29. JUNI. 18:36

Die Störenfriede waren eine schwedische Familie, die alle die gleichen Trainingsanzüge anhatten. Sie wollten unbedingt was ins Gästebuch schreiben. Ich musste mir schnell etwas einfallen lassen und hab ihnen erzählt, die Klopapierrolle wäre das Gästebuch. »Lustige Idee«, meinten sie und haben sich jeder mit einem Spruch pro Blatt auf der Rolle verewigt. »Cooles Klo« und »Das ist echt famos, toller Ort für'n Kloß!«

Ich habe ein sicheres Versteck für das richtige Gästebuch gefunden, hier drinnen im Klo. Aber das verrate ich nur über meine Leiche!

Also, zurück zum Anfang: In diesem Sommer sind Supersparpreisferien angesagt. Früher sind wir immer in den Süden geflogen und haben in Hotels mit Swimmingpool gewohnt und waren mehrmals am Tag essen. Das war, bevor meine Ex-Mama sich mit ihrem Pilates-Trainer zusammengetan hat (den Papa und ich nur Pontius Pilates nennen). Pilates ist eine seltsame Sportart, in der man auf einer Matte liegt und über einen Badeball rollt. Wir mussten Mama aus unserem Haus freikaufen, damit sie sich eine eigene Wohnung leisten konnte. Obwohl ich gleich gesagt habe, dass ich sie niemals dort besuchen werde, wollte sie unbedingt ein Zimmer für mich, was das Ganze unnötig teuer gemacht hat. Wir, die Verlassenen, sind jetzt ziemlich knapp bei Kasse, weil Papa keinen Pontius Pilates mit eigenem Pilates-Center und Elektroauto mit Firmenlogo drauf gefunden hat. Wir Verlassenen sind: meine Wenigkeit, Schüler und Mittelfeldspieler, Papa, Lehrer mit Aufstiegschancen und vom Abstieg bedrohter Fußballtrainer, und Waldo, Rüde und treuer Freund, der irgendwie seltsam drauf ist, seit Mama weg ist.

Genug von Mama, ich meine: Ex-Mama. Sie hat selbst entschieden, nicht mehr Teil der Familie sein zu wollen, und hat deshalb in dieser Geschichte nichts zu suchen. Ich musste sie nur kurz erwähnen, um zu erklären, wieso wir diesmal in Nordfurzbotn Urlaub machen, wo die einzige Attraktion ein Plumpsklo ist!

Papa konnte sich den alten Wohnwagen eines Arbeitskollegen leihen, den der Kollege nicht mehr benutzt, was ich gut verstehe, runtergekommen, wie der ist. Der stammt mindestens aus dem letzten Jahrtausend! Die Lampe über dem Bett in dem sogenannten Schlafzimmer, wo ich liege, funktioniert nicht. Die Sofapolster sind bis aufs Futter durchgewetzt und das Klo ist kaputt. Wir sind mit der alten Schrottkarre hier hoch gefahren und Roger Berg hat uns einen Platz auf der Nordseite seines Grundstücks überlassen, einen viel zu kurzen Steinwurf von Nord-Europas bekanntestem Plumpsklo entfernt. Der Grund, wieso die Wahl ausgerechnet auf Nordfurzbotn fiel, ist der, dass Papa als Kind seine Sommer hier auf dem Hof seiner Großeltern verbracht hat. Der Hof wurde vor vielen Jahren an einen unangenehmen Typen namens Dieter verkauft.

Die ersten Tage hat es nur geregnet und war extrem trübe. Trübgrau. Wir haben die ganze Zeit im Wohnwagen gehockt. Papa hat französische Bücher gelesen und Sudokus gelöst und wir haben drei oder vier Episoden von *The Wire* geguckt. Ansonsten habe ich Nintendo gespielt und elf Jahrgänge Donald Duck gelesen, die Papa mitgenommen hatte. Mein Fußball lag unberührt in einer stündlich wachsenden Pfütze unter dem Wohnwagen. Dazu fiepte Waldo mehr oder weniger ohne Unterbrechung. Er konnte keine fünf Sekunden ruhig auf seiner Decke liegen, taperte nervös hin und her und fraß nichts. Aber rausgehen bei dem Hundewetter wollte er auch nicht.

»Er vermisst Mama«, sagte Papa.

»So ein Idiot!«, sagte ich.

Und dann kam Indiane. An einem regnerischen, stürmischen Abend. Na ja, stürmisch war es eigentlich nicht, aber es pladderte wie verrückt, prasselte auf das Wohnwagendach wie bei einem Trommelkurs auf einem Sami-Festival. Papa murmelte französische Vokabeln vor sich hin. Waldo fiepte und zitterte. Und ich lag auf dem Sofa und schrieb eine SMS an Frank Gander, meinen besten Freund (im Gegensatz zu Frank Melander, der ein echtes Arschloch ist).

Papa schien das Klopfen nicht gehört zu haben und sabbelte weiter Französisch vor sich hin. Ich öffnete nur die obere Türhälfte, um so wenig Regen wie möglich reinzulassen und zuckte erschrocken zurück, als ich ein schwarzes, nasses, augenloses Zottelmonster erblickte. Als ich den Kopf nach draußen schob und das Monster sich nach hinten lehnte, sah ich in die dunkelbraunen

Augen eines Mädchens. Indiane. Lang und dürr, mit einer sehr beeindruckenden Nase und sehr breiten Schultern. Sie trug nur einen Badeanzug, sodass ich, ob ich es wollte oder nicht, ihre Brüste sah. Sie starrte mich herablassend und griesgrämig an und ich war sicher, dass sie jetzt gleich irgendwas Gemeines zu mir sagen würde.

»Kommst du mit schwimmen!«, sagte sie, nicht als Frage, sondern als Befehl.

Ich fühlte mich wie in einem dieser langweiligen französischen Filme, die Papa immer aussucht, wenn er mit dem Bestimmen dran ist. Und mit Papas französischem Gemurmel hinter mir und dem Regen, der an Indiane runterlief, kam ich mir vor wie in diesem alten Regenschirmfilm, in dem dauernd gesungen und getanzt und kaum gesprochen wird.

Ich hab natürlich Nein gesagt. Bei Regen zu baden ist kalt und riskant, man kann sich erkälten oder eine Lungenentzündung samt doppelseitiger Blasenentzündung kriegen. Aber Indiane ließ nicht locker.

»Kann ich dann reinkommen?«

Auch da hätte ich natürlich Nein sagen sollen. Sie war fast nackt und ein Mädchen, zwei Dinge, für die ich nichts übrig habe. Aber Papa hatte offensichtlich die Faxen dicke, weil ich ihm die ganze Zeit vorgemährt hatte, ich würde mich zu Tode langweilen und zuletzt vorgeschlagen hatte, unser Auto zu verkaufen, damit wir in den Süden fliegen konnten.

»Komm rein!«, sagte Papa zufrieden, als hätte er Bier getrunken und ganz vergessen, dass Mama ihn verlassen hat, um sich mit einem solariumgebräunten Muskelprotz zusammenzutun, der rund um die Uhr in Shorts und Muscleshirt rumlief.

Indiane war triefnass und musste sich mein Star Wars-Handtuch leihen, damit sie nicht alles volltropfte. Aber statt mir das Handtuch zurückzugeben, wickelte sie sich darin ein. Sie sah aus wie Yoda. Ich grübelte insgeheim, wie ich das Handtuch ohne Waschmaschine gewaschen kriegen sollte, als Indiane unvermittelt fragte:

»Hast du eine Freundin?«

»Nein, nö!«, sagte ich.

Und da strahlte Indiane mich mit funkelnder Zahnspange an. Mit dem Stahldraht im Mund sah sie aus wie ein Roboter aus einem Horrorschocker mit 18-Jahres-Grenze. Sie schob eine Strähne ihrer nassen Haare hinters Ohr und schielte zu Papa rüber, der am anderen Ende des Wagens saß und mit zunehmend klapperigem Akzent französische Vokabeln herunterleierte, während er Waldo kraulte, der noch fiepsiger und nervöser geworden war, seit Indiane da war.

»Papa ist auch geschieden«, sagte sie.

Das überrumpelte mich. Woher wusste sie davon?

Nordfurzbotn war doch ein echtes Kuhkaff, in dem sich Gerüchte schneller als der Blitz verbreiteten. Bestimmt hatte Lisbeth getratscht.

Damit sie gar nicht erst glaubte, wir zwei hätten was gemeinsam, beeilte ich mich zu sagen: »Meiner ist nur getrennt!«

Papa fiel mir in den Rücken: »Das ist eine reine Formalität«, sagte er. »Praktisch bin ich so gut wie geschieden.«

»Na super«, sagte ich und rutschte vom Sofa. »Ich geh raus!«

»Raus?«, sagte Papa überrascht. »Jetzt?«

Ich stieg in meine Stiefel, schnappte meine Regenjacke, stieß die Tür auf und verließ den Wagen.

»Nimm Waldo mit!«, rief Papa hinter mir her. »Und deine Freundin!«

So landete ich nackt in der Stromschnelle mit Indiane.

29. JUNI, 20:33

Ich verlasse das Plumpsklo, um nachzuschauen, was Papa gerade macht. Weder er noch Waldo sind im Wohnwagen. Wahrscheinlich machen sie einen Abendspaziergang. Hoffentlich ohne Roger Berg. Nicht dran denken, denke ich und denke an was anderes.

An dem Abend meiner unfreiwilligen Begegnung mit Indiane und unserem Spaziergang durch den Regen, hatte Waldo plötzlich supergute Laune und trippelte schwanzwedelnd neben ihr her. Dabei schnüffelte er ständig an ihren Beinen, aber ich zog ihn von ihr weg. Immerhin war sie fast nackt.

Eigentlich sind wir gar nicht zusammen durch den Regen spaziert, Indiane ging nur zufällig neben uns. Ich legte einen Zahn zu, aber trotz ihrer schweren Stiefel holte sie uns wieder ein.

Da beschloss ich, sie abzuschütteln.

Völlig unvermittelt bog ich vom Weg in den Wald ab. Waldo nicht. Er blieb wie angewurzelt auf dem Weg stehen und hechelte mit hängender Zunge hinter Indiane her wie hinter einer läufigen Hündin. Sein Schwanz wedelte wie bekloppt hin und her. Er ist nicht besonders groß, aber ziemlich kompakt und stark, ich musste also ganz schön an der Leine ziehen und dagegenhalten, trotzdem bewegte ich ihn keinen Millimeter. Erst als Indiane hinter mir her zwischen die Bäume stapfte, kam Waldo.

»Wo gehen wir hin?«, fragte sie.

Ich kämpfte mich durch Gestrüpp und Unterholz und ließ Äste und Zweige nach hinten flitschen, aber sie folgte mir weiter unverdrossen. Plötzlich nahm Waldo Witterung von irgendwas auf und hörte auf, Indiane zu umkreisen. Er überholte mich, zerrte mich an der Leine hinter sich her und schnüffelte aufgeregt über den Boden. Als wir das Becken im Flussbett erreichten, drehte er völlig durch. Er rannte hin und her, schnüffelte wie bekloppt über den Uferstreifen, während sein Schwanz wie ein Propeller rotierte.

Indiane grinste und zog typische Mädchengrimassen, zu denen auch dramatisches Augenbrauenhochziehen zählte. »Was ist denn mit dem los?«, fragte sie in provozierendem Tonfall, mit dem sie vermutlich erreichen wollte, dass wir gemeinsam über Waldo lachten.

»Das ist ein Bluthund«, sagte ich schroff. »Wahrscheinlich ist ein Beutetier in der Nähe.«

Beutetier, von wegen. Am gegenüberliegenden Flussufer kam ein Golden Retriever mit nass glänzendem Fell aus dem Wald gelaufen und sprang in eleganten Sätzen den Hang hinunter. Waldo ruckte so heftig an der Leine, dass es mir den Schnappgriff aus der Hand riss. Und obwohl er eigentlich wasserscheu ist, sprang er einfach in den Fluss. Das Wasser spritzte um ihn auf und als es tiefer wurde, pflügte er ungebremst weiter durchs Wasser, immer dem Retriever entgegen.

Ich rief ihn zu mir. Vergeblich. Tropfnass kletterte er auf der anderen Seite an Land und rannte das letzte Stück zu dem Retriever.

»Das ist Lady«, sagte Indiane.

»Ist das deiner?«

»Lady, komm her! Komm schon!«

Aber Lady war damit beschäftigt, Waldo zu beschnuppern, der seinerseits Lady beschnupperte.

»Äh …«, sagte ich und zögerte die Frage hinaus, die mir auf der Zunge brannte, weil es mir ziemlich peinlich war, sie ausgerechnet einem Mädchen zu stellen. »Sie ist doch nicht etwa … läufig?«

Die Antwort war überflüssig, weil auf der anderen Flussseite Waldo bereits versuchte, Lady zu bespringen. Wegen seiner kurzen Stummelbeine schaffte er es nur halbwegs und rutschte ab.

»Entspann dich.« Indiane lachte auf typisch überlegene Mädchenart. »Er schafft es eh nicht da rauf.«

Waldo lief ein Stück weg von Lady, drehte um und nahm Anlauf – und Lady drückte ihr Hinterteil nach unten.

Ich will nichts ins Detail gehen. Es war schrecklich. Der reinste Pornofilm.

Das musste ich stoppen.

Ich rannte los, so ungefähr Waldos Route, dachte ich, als ich plötzlich keinen Boden mehr unter den Füßen spürte. Meine Stiefel verschwanden in dem eiskalten Wasser und ich machte einen halben Rückwärtssalto. Als ich mich aufzurichten versuchte, waren meine Kleider so schwer vom Wasser, dass ich wieder hintenüberkippte, während meine Füße nach vorne rutschten, in die Stromschnelle Richtung Wasserfall.

Der Wasserfall war nicht sonderlich hoch, zwei Meter vielleicht.

Aber ich hatte maximales Pech und knallte mit dem Kopf auf einen Stein oder so was, ich weiß es nicht genau, weil das, was in den Sekunden passierte, futschikato und aus meinem Gedächtnis ausradiert ist.

Unter dem Wasserfall kam ich wieder zur Besinnung. Das Wasser rauschte auf mich herunter. Mein Hinterkopf drückte gegen etwas Weiches und ein Arm hielt mich über Wasser. Ich lag in Indianes Armen. Und sie war gerade dabei, mir meine Hose auszuziehen.

Ich konnte ja nicht wissen, dass sie das tat, um mich zu retten. Genauso wenig, wie ich wissen konnte, dass sie nur nett sein wollte. Entschuldigt mal, ich lag da, meine Wange an ihre Brüste gedrückt und sie versucht, mit die Hose auszuziehen. Ist es da weiter verwunderlich, dass ich dachte, sie würde was Schweinisches ausprobieren, was für unter Sechzehnjährige verboten ist?

Ich wand mich panisch aus ihren Armen, schlug ihr dabei ins Gesicht und watschelte mit der Hose um die Knöchel durchs Wasser. Die Hose war schwer wie nasser Zement, aber irgendwie schaffte ich es an Land. Wo Waldo mich mit zur Seite geneigtem Kopf und einem seligen Lächeln um die Lefzen empfing. Er sah sehr zufrieden aus. Der Sauhund!

»Mein Gott, bist du kindisch!«, rief Indiane aus dem Wasser. »Ich wollte dich nur retten, du warst ohnmächtig!«

Ich schnappte mir die Leine und umklammerte sie mit Eisenhand, damit Waldo nicht noch mehr Unsinn anstellte.

»Ich will dich nie wiedersehen!«, rief ich Indiane zu.

»Das wirst du kaum vermeiden können!«, schnaufte Indiane.

»Doooch!«

»Dein Köter hat sich grad mit meiner Hündin gepaart. Wir kriegen Kinder, du und ich!«

Ich höre Schritte. Papa sagt etwas. Scheiße, Roger ist bei ihm!

29. JUNI, 22:19

Eigentlich war kein Grund zur Beunruhigung. Roger, Papa und Waldo hatten nur eine kleine Runde gedreht. Ich holte meinen Ball und jonglierte ein bisschen damit herum, während ich sie im Auge behielt, als sie sich vorm Wohnwagen unterhielten. Glücklicherweise verschwand Papa irgendwann mit Waldo nach drinnen. Ich jonglierte weiter mit dem Ball. Roger ließ sich Zeit, die Gartenmöbel und den Gartenschlauch wieder an ihren Platz zu räumen. Zwischendurch schielte er zu mir rüber. Irgendwann ging er rein zu sich und knipste das Außenlicht aus.

Papa schnarcht jetzt im Wohnwagen, das hab ich gecheckt. Ich hab die Klotür einen Spaltbreit aufgestellt, damit ich mitkriege, wenn er sich rausschleicht.

Okay, zugegeben, ein bisschen paranoid ist da schon. Dabei glaub ich nicht mal wirklich, dass er schwul ist.

Aber heutzutage weiß man ja nie. Ich hab auf TVNorwegen mal eine Doku über einen Vater gesehen, dem plötzlich einfiel, dass er lieber eine Frau sein wollte. Und zu Hause im Wohnzimmer saßen drei baffe Kinder und seine Frau.

Indiane meinte, das kann jeder werden. Also schwul. Aber in diesem Fall wäre sie schuld daran. Weil sie ihren Vater mit zum Wohnwagen gebracht hat. Mit ihrer Töle im Schlepptau.

Sie kamen am Tag nach dem Zwischenfall am Wasserfall. Ich

lag auf meinem Bett und chattete mit Frank, der mit seinen Eltern in Bulgarien war und 29 Grad warme Tage in Shorts verbrachte. Es hatte aufgehört zu regnen. Aber trotzdem war es kalt wie im November. Papa hatte drei Lagen Kleider übereinander an und saß auf dem Campingstuhl vor dem Wagen – mit dem französischen Wörterbuch auf dem Schoß – und näselte französische Vokabeln.

Ich hörte Schritte im Kies und ahnte das Schlimmste.

»Hallo. Hi, hi!«, sagte Roger Berg. »Indiane hat erzählt, dass … gestern ein kleiner *Unfall* passiert ist.«

Als er »Unfall« sagte, presste ein derbes Lachen aus mir heraus, ungefähr so, wie wenn Frank einen schweinischen Witz erzählt.

Ich hatte Papa natürlich nichts von dem Zwischenfall gesagt. Das mit dem »Unfall« war also völlig neu für ihn. »Ähm, worum geht's?«, murmelte er.

»Der Hund deines Sohnes hat die Hündin meiner Tochter gedeckt«, erklärte Roger Berg grinsend. »Man könnte also sagen, dass wir jetzt verwandt sind«, gluckste er.

In diesem Moment drehte Waldo, der den ganzen Vormittag schlafend und schnaufend auf dem Boden gelegen hatte, völlig durch. Er erwürgte sich fast an der Leine, mit der er am Tischbein festgebunden war. (Eine Sicherheitsmaßnahme für zufällig vorbeikommende läufige Hündinnen.) Die Zunge hing ihm aus dem Hals und der Schwanz drehte sich wie ein Propeller.

In dem Moment entdeckte Roger Berg ungünstigerweise Papas Französischbuch und fing an, Französisch zu sabbeln. Ich bekam nicht alles mit, nur »amour« und »wie« und »Bell wie«. Roger hatte einen Radel- und Weinprobenurlaub in der Provence gemacht, dem Teil von Frankreich, nach dem die Kräuter der Provence benannt sind. Zusammen mit seiner Ex-Beziehung.

»Er hatte so einen wunden Hintern vom Radfahren, dass er einen Leihwagen nehmen musste«, sagte Roger. »Aber ich bin die ganze Tour mit dem Rad gefahren.«

Ich dachte, ich hätte mich verhört. Dass die Wohnwagenwände das Wort »Sie« in »Er« verzerrt hatten. Ich presste mein Ohr so fest gegen die Wohnwagenwand, dass ich gar nicht mitbekam, wie Indiane sich zu mir in den Wagen schlich. Erst als Waldos Hecheln hektischer wurde und der Schwanz immer schneller gegen die Klotür schlug, kapierte ich, dass jemand hereingekommen war.

»Wir wollten Lady eigentlich mit einem ordentlichen Hund paaren«, sagte Indiane unvermittelt neben meinem anderen Ohr.

Sie kraulte Waldo am Hals, während er sie selig beschnupperte. Indiane schien das zu gefallen. »Du bist schuld, dass sie jetzt Welpen von einem Bluthund kriegt!«, blaffte sie mich an.

»Ich bin schuld, wieso das denn?«

»Weil du nicht auf deinen Hund aufgepasst hast.«

Sie beugte sich zu Waldo runter, der ihr durchs Gesicht leckte, und sagte mit Dutzidutzistimme: »Springst einfach so auf Lady drauf und vergewaltigst sie. Böser Hund!«

Das war meiner Meinung nach eine ziemlich unfaire Anklage.

»Deine Töle war voll dabei, sie hat sich Waldo ja förmlich vor die Pfoten geworfen! Du kannst sie doch nicht einfach frei im Wald rumlaufen lassen, wenn sie läufig ist!«

Sagte ich.

Später am Abend im Bett, zu mir selbst.

In der Hitze des Gefechts wurde mir schwindelig und flau und mir fiel nichts ein. Heraus kam nur ein Knurren und Stöhnen wie bei einem nicht sehr intelligenten Hund.

»Wo ist eigentlich deine Mutter?«, fragte Indiane.

Endlich konnte ich wieder vernünftig reagieren.

»Und deine?«

»Meine Mutter ist in den USA«, sagte sie.

Dann war Rogers Ex also auf jeden Fall eine Sie?

»Aber«, sagte Indiane, »wenn du meinen zweiten Vater meinst, der lebt in Berlin.«

Ich hab nichts gegen Schwule. Ich bin nicht der Meinung, dass das verboten gehört oder so. Sollen alle so schwul sein, wie sie wollen. (Solange sie mich in Ruhe lassen.) Aber in dem Moment hörte ich Roger und Papa draußen eine Essensverabredung treffen. Papa ist nicht direkt der soziale Typ. Er kriegt manche Sachen einfach nicht mit. Bei einem der letzten Turniere vor den Sommerferien hat Stein-Tores Mutter versucht, ihn anzubaggern. Erst hat sie ewig bei ihm rumgestanden und ihm vorgesäuselt, was er doch für ein toller und fairer Trainer wäre (dabei wissen alle, dass er nur Trainer ist, weil kein anderer Lust hat, das zu übernehmen, und das Ätzendste für ihn ist, anderen Anweisungen zu geben). Dann fing sie von einer Flasche trockenem Weißwein an, die sie bei einer Weinlotterie bei der Arbeit gewonnen hat, aber dass es alleine ja keinen Spaß machen würde, eine Flasche Wein zu öffnen. Und da sie ja Sportwart wäre, könnte man sich doch demnächst mal treffen? Papa hat nichts gerafft und hat übers Wetter gesprochen.

Was eigentlich gut war, weil ich Stein-Tores Mutter auf keinen Fall als Stiefmutter haben wollte. Aber Papa ist, was das angeht, ein echt hoffnungsloser Fall. An dem Tag, als wir in Nordfjordbotn ankamen, stand Lisbeth gerade an der Straße, um ihren Briefkasten zu leeren, in einem geblümten Kleid, das im Wind flatterte. Sie winkte uns zu und Papa hielt an und bat mich, mein Fenster runterzukurbeln.

»Ist was?«, fragte er.

»Nein, ich wollte euch nur willkommen heißen.«

»Wieso?«

»Sieht aus, als würdet ihr länger bleiben, mit dem Wohnwagen. Und da dachte ich, winke ich euch doch mal freundlich zu.«

»Dann wollen wir nicht weiter stören«, sagte Papa.

»Ihr stört doch nicht. Kommt doch mal vorbei, um meinen selbst gemachten Saft zu probieren.«

»Wir wollen nichts kaufen.«

»Den gibt es gratis bei mir.«

»Wir sind mehr die Sprudeltrinker«, sagte Papa.

»Ihr kriegt auch Brause, wenn ihr keinen Saft mögt.«

Da verstummte Papa und schaute die Straße hinunter.

»Wir denken darüber nach. Tschüs.«

Deswegen dachte ich: Wenn Roger anfängt, Papa anzubaggern, rafft er das vielleicht gar nicht. Wahrscheinlich könnte er splitternackt mit Roger in der Sauna sitzen, ohne was zu raffen, bis es zu spät ist.

Ausgerechnet Papa, der immer am lautesten über Franks Schwulenwitze lacht.

»Ich habe einen französischen Rotwein, den du LIEBEN wirst!«, sagte Roger Berg. (Ja, er hat wirklich LIEBEN gesagt.)

Ich wurde allmählich misstrauisch, dass Roger was im Schilde führte. Und ich befürchtete, dass Papa ausrasten würde, wenn er es, viel zu spät, mitbekam. Auf den ersten Blick wirkt er wie der ruhige und geduldige Typ, aber wenn man ihn lange genug provoziert, explodiert er. Dann schreit er hysterisch herum und kriegt einen hochroten Kopf. (Oft kriegt er mittendrin ein schlechtes Gewissen, dann verschwindet alle Luft auf einmal aus dem Ballon und er schämt sich in Grund und Boden.)

Es kommt auch vor, dass er in solchen Situationen anfängt zu lachen. Papa kriegt Lachkrämpfe wegen der merkwürdigsten Dinge. Wie das erste Mal, als wir auf die Homepage von Pontius Pilates gegangen sind und die Bilder gesehen haben, auf denen Pontius Dehnübungen mit einem Badeball vormacht. In einem eng anliegenden Trikot, das wie ein Badeanzug für Frauen aussah. Da hat Papa gelacht, bis ihm die Tränen kamen.

Oje! Sind das Schritte, die ich draußen höre? Geht da jemand durch den Kies? Das muss ich checken.

30. JUNI, 00:36

(mitten in der Nacht)

Das war nur ein Schaf. Das arme Viech ist völlig panisch weggerannt, als es mich gesehen hat.

Nach Indianes dreisten Beschuldigungen gegen den armen Waldo hätte man eigentlich davon ausgehen können, dass ich einen Riesenbogen um sie mache. Und das habe ich auch wirklich versucht.

Aber Nordfurzbotn ist der todlangweiligste Ort auf der ganzen Welt.

Da wohnt fast keine Sau. Unten in der Kurve Dieter und seine Frau Gretchen. Aber die sind Deutsche, griesgrämig und mindestens fünfzig.

Dann ist da Lisbeth in dem Haus in der Prärie, wie wir es nennen. Sie ist Künstlerin und über vierzig, liegt meistens in ihrer Hängematte und liest Romane und trinkt selbst gemachten Saft, der vergoren sein muss, weil sie immer so merkwürdige Dinge hinter uns her ruft. (»*Sommernächte soll man nicht verschlafen! Viva dalida lokka*« oder so ähnlich.)

Und ein kleines, ziemlich fettes Pferd, das auf Lisbeths Prärie weidet.

Und natürlich Roger Berg.

Sobald Frank aus Bulgarien zurück ist, will er mich hier besuchen kommen. Er bringt sein Zelt mit, damit wir einen Jungs-Ausflug machen können, er, Waldo und ich. Aber das dauert noch eine Weile, bis er kommt, und bis dahin ist Indiane in meilenweitem Umkreis das einzige lebende Wesen, das ungefähr in meinem Alter ist.

Bestimmt stellst du dir das jetzt so vor wie im Film: Dass ich erst total gegen Indiane bin, aber nachdem wir uns richtig kennengelernt haben, wird mir klar, dass ich eigentlich in sie verliebt bin, und dann kommen wir zusammen, auf dem Plumpsklo, oder irgend so ein Kitsch. Aber nix da, ich muss dich enttäuschen! Dass ich mich darauf eingelassen habe, AB UND ZU was mit ihr zu unternehmen, liegt nur daran, dass es so sturzlangweilig in Nordfurzbotn ist. Als Alternative zum Abhängen mit ihr gab es nur, den Kopf hängen zu lassen.

Außerdem: Während des Abendessens bei ihnen war sie ganz in Ordnung. Sie war vollständig angezogen, was schon mal ein Pluspunkt ist. Und ihre Stimme war nicht ganz so zitronensauer, als sie mich fragte, ob ich Cola oder Mozell möchte. Die Sache mit Waldo und Lady hat sie mit keiner Silbe erwähnt. Ehrlich gesagt hat sie während des gesamten Essens kein Wort mit mir geredet. Sie hat mich einfach in Ruhe gelassen. So etwas weiß ich sehr zu schätzen.

Die meiste Zeit hat Roger Berg geredet. Er hat viel zu erzählen. Besonders von einer besonderen Traube aus der Provence. Die jung ziemlich säuerlich, aber mit fortgeschrittenem Alter immer besser schmecke und eine fülligere Note bekomme. Und dass diese Traube den Boden in der Provence ganz besonders liebe und einen speziellen Wind, den es nur dort gab.

Vor diesem Abend hatte ich Papa so gut wie noch nie Wein trinken sehen. Ab und zu trank er mal ein Bier. Oder zwei. Aber nie mehr. »Ich krieg immer so viel Luft im Bauch von Bier«, sagte er.

Jetzt nippte Papa an seinem Wein und lächelte vor sich hin. Und hörte aufmerksam und mit glänzenden Augen zu.

Bevor wir zum Essen rübergingen, hab ich ihn vorsichtshalber über Roger Bergs Neigung aufgeklärt. »Du weißt schon, dass er schwul ist, oder?«

Papa verschluckte sich an seinem Kaffee und hustete ihn über den Wohnwagentisch.

»Woher weißt du das denn?«, fragte er.

»Ich habe meine Quellen«, sagte ich. »Denk dran, dass Schwule auch Menschen sind und mit Respekt behandelt werden müssen.«

Und jetzt saß er da mit seinem Weinglas in der Hand und behandelte Roger Berg nach meinem Geschmack mit ein bisschen zu viel Respekt.

»Die Weinranken mögen also den sandigen Boden?«, fragte er.

»Ja«, sagte Roger Berg. »Und den Mistral! Nicht zu vergessen!«

Und so ging es weiter.

Glücklicherweise blieb mir erspart, das allzu lange mit ansehen zu müssen.

»Darf ich aufstehen?«, fragte Indiane, nachdem sie ihren Teller sauber gekratzt hatte.

Ich hatte nur ein paar Bissen von dem bunten Gemüsepamps

gegessen, den Roger mit einem Kotelett und Kartoffeln auf meinen Teller gefüllt hatte. Aber ich hatte einen alten Trick angewendet und eine Serviette über den Teller gelegt, damit man nicht gleich sah, dass es mir nicht geschmeckt hatte.

»Wenn du Arvidsjaur mitnimmst«, sagte Roger.

»Er möchte lieber Arvid genannt werden«, sagte Papa.

Indiane sah mich an und es zuckte leicht in ihren Mundwinkeln. Dann verschwand das Zucken, sie stand auf und gab mir mit einem Nicken zu verstehen, dass ich ihr folgen sollte. Wir gingen.

Vorbei an Lady, die etwas aus einem Fressnapf in sich reinschlang. Ich versuchte auszumachen, ob sie schwanger aussah, konnte aber keine Anzeichen erkennen.

Indiane ging direkt auf den Flur und zog ihre Schuhe an. Ich hatte erwartet, dass wir uns vor den Fernseher setzten wie normale Jugendliche.

»Gehen wir raus?«, fragte ich.

»Ich geh jedenfalls raus«, sagte sie. »Du kannst machen, was du willst. Papa!«, rief sie ins Haus. »Ich geh angeln.«

Sie verschwand mit dem Oberkörper hinter einem Haufen Jacken, die an einem Garderobenständer hingen – und fischte ein kleines Gewehr dahinter hervor.

»Nimm Lady mit!«, rief Roger.

»Nein, die verschreckt bloß die Fische!«, antwortete Indiane und ging raus. Die Tür knallte vor meiner Nase zu, ehe ich mich entschieden hatte, ob ich mitwollte oder nicht. Drinnen im Esszimmer erzählte Roger irgendwas von einer Larve, die am liebsten

Weinblätter knabberte und der größte Feind des französischen Winzers war. Eine Stimme in mir sagte, dass ein Angelausflug mit Indiane und einem Luftgewehr wahrscheinlich ein Tick spannender war als das.

Und das war es.

Wir fuhren mit dem Boot raus. Ich sollte rudern, weil Indiane angeln wollte.

Das Problem war nur, dass ich noch nie vorher gerudert hatte. Die Ruderblätter klatschten unkontrolliert ins Wasser und statt sich vorwärts zu bewegen, kippte das Boot bedrohlich auf die Seite.

»Habt ihr keinen Motor?«, erkundigte ich mich.

Murrend und stöhnend erhob Indiane sich von ihrem Platz, quetschte sich neben mich auf die Bank und griff sich das eine Ruder.

»Pass dich an meinen Takt an!«, sagte sie. »Eins, zwei, zieh! Eins, zwei, zieh!«

Am Anfang schlingerten wir noch ziemlich, aber nach und nach fielen wir in Gleichtakt und glitten vorwärts. Die Abendsonne glitzerte auf dem Wasser und die kleinen Fische stiegen. Einige hüpften sogar richtig aus dem Wasser, sodass ihre glatten Körper für eine kurze Sekunde im Abendlicht glänzten.

Genau diese Fische waren es, auf die Indiane es abgesehen hatte.

»Stopp!«, kommandierte sie und zog ihr Ruder ins Boot. Sie ging vor in den Bug und legte das Gewehr an die Schulter an. »Ganz leise sein!«, flüsterte sie.

Ich hielt die Luft an. Das Wasser gluckste gegen die Bootswand.

Zwischendurch gab es leise Platscher im Wasser – von den steigenden Fischen. Indiane zielte auf die glatte Oberfläche. Der nächste Fisch sprang und sie feuerte los, die Kugel verschwand klatschend im Wasser, aber getroffen hatte sie nicht.

»Ist das nicht Tierquälerei?«, fragte ich.

»Kommt drauf an«, sagte Indiane, klappte den Gewehrlauf auf und lud nach. »Ich würde mal sagen, die meisten Forellen ziehen einen kurzen und bündigen Kopfschuss einem Haken im Maul mit anschließendem Genickbruch und Gebratenwerden vor – um nach dem Verspeisen in Magen und Darm verdaut zu werden, um als Scheiße wieder im Wasser zu landen. Wie fändest du das?«

Was bitte soll man auf so was antworten?

Manchmal ist es besser, den Mund zu halten. Das hat Papa mir beigebracht. Bei Elternsprechabenden ergreift er zum Beispiel nie das Wort, weil die, die sich melden und was sagen, immer zum Elternsprecher oder als Aufsicht fürs Weihnachtsfest gewählt werden. Da hält man sich besser im Hintergrund, damit keiner deine Anwesenheit bemerkt. (Das einzige Mal, als der Trick nicht gewirkt hat, war bei der Wahl zum Trainer unserer Fußballmannschaft. Blöderweise hatte sich eine anwesende Mutter erinnert, dass er früher, als sie noch jung waren, in der Juniormannschaft gespielt hatte.)

Deshalb sagte ich also nichts. Indiane war voll darauf konzentriert, auf die Wasseroberfläche zu zielen und schoss, sobald sie irgendeine Bewegung sah. Und immer daneben. Nach einer Weile fing sie an, vor sich hin zu grummeln und wütend mit dem Fuß gegen die Bordwand zu treten.

Ich fragte ganz vorsichtig nach, ob ich es vielleicht mal probieren dürfte und bekam keine Antwort. Sie ballerte immer weiter, ohne einen einzigen Treffer – dann warf sie mir völlig überraschend das Gewehr zu. Der Lauf knallte gegen meine Stirn.

»Au!«

»Du wolltest es doch probieren!«, sagte Indiane.

Und ich probierte es. Und traf beim ersten Schuss. Zu irgendwas müssen die TV-Spiele ja gut sein.

Der Fisch blieb mit aufgerissenem Maul auf dem Wasser liegen.

»Ruder schon!«, sagte Indiane. Und ich ruderte. Als das Boot den Fisch erreicht hatte, steckte Indiane die Hände ins Wasser und versuchte, den Fisch zu greifen. Aber der erwachte aus seiner Starre, zappelte wild – und schwamm davon.

»Das zählt nicht, weil du ihn nicht ins Boot gekriegt hast«, sagte Indiane.

Ich sagte nichts. Immerhin hatte ich getroffen.

Aus einem mir nicht ganz einleuchtenden Grund legte Indiane sich auf den Boden des Bootes und blieb dort liegen. Und schmollte. Ich hätte gern noch länger auf Fische geballert, aber dann würde sie wahrscheinlich noch grummeliger. Und es gibt nur eine Sache, die ich noch weniger leiden kann als Mädchen. Grummelige Mädchen.

Ich legte das Gewehr weg.

Plötzlich klang ihre Stimme wieder ganz gut gelaunt.

»Hast du schon mal geknutscht?«, fragte sie.

»Nein.«

»Hast du Lust?«

»Nein, danke.«

»Das war kein Angebot, eher eine wissenschaftliche Frage. Hättest du, rein theoretisch, Lust, es zu probieren?«

»Nein.«

»Findest du das nicht kindisch? In unserem Alter ist es ganz natürlich, knutschen zu wollen.«

»Ich bin nicht so.«

»Aha, dann bist du also *so*.«

»Nein, auf keine Fall!«

Indiane setzte sich auf und starrte mich überlegen an, in ihren Mundwinkeln zuckte ein hinterhältiges Grinsen.

»Woher willst du das wissen? Hast du vielleicht schon mal einen Jungen geküsst? Wenn dir das gefällt, bist du's.«

»Und selber?«

»Bis jetzt war ich nur in Jungs verliebt, aber vielleicht verlieb ich mich ja auch mal in ein Mädchen. Ich bin erst zwölf, das ist etwas früh, um sicher zu sein!«

»Eben!«

Ich war noch nie verliebt. Versteh einfach nicht, was das soll. Hab schon so genug Probleme am Hals.

Ich griff nach den Rudern und ruderte los. Und Indiane fing an, mich wegen meinem Namen auszufragen.

»Warum heißt du Arvidsjaur?«

»Nenn mich Arvid«, sagte ich. »So heiße ich eigentlich.«

»Ist Arvidsjaur nicht ein Ort in Lappland?«, hakte Indiane nach.

»Mein Name ist Arvid!«

»4500 Einwohner, wenn ich mich nicht irre. Da gibt es Autoteststrecken. Und Wintertourismus mit Schneescootern und so was.«

»Hast du meinen Namen gegoogelt?«

»Quatsch! Das weiß man einfach, Arvidsjaur.«

»*Ich* heiße wenigstens nicht Cowboy und Indianer.«

»Ha ha, Arvidsjaur, den hab ich ja noch nie gehört!«

»Du hörst jetzt sofort auf, mich Arvidsjaur zu nennen, sonst ...«

Mir fiel keine überzeugende Drohung ein. Ich bin nicht so geübt, was Drohungen angeht. Was das betraf, hatte ich definitiv aufzuholen.

»Aber du heißt doch Arvidsjaur«, sagte Indiane. »Ich muss doch deinen Namen sagen dürfen, Arvidsjaur.«

Ich war so wütend, dass meine Ohren glühten.

»Klappe! Du ... Indianer!«

Indiane zuckte zusammen und schaute hoch.

»Schhh!«, flüsterte sie.

»Selber schhh!«, antwortete ich.

»Hör mal!«

Ich horchte. Weit entfernt stiegen ein oder zwei Fische. Ansonsten war es ganz still. Indiane hatte eine seltsame Lauschgrimasse aufgelegt und ich war mir sicher, dass sie Indianer spielte wegen dem, was ich gesagt hatte. Da ich es sowieso satt hatte, mit ihr zusammen zu sein, griff ich wieder nach meinem Ruder. Indiane beugte sich vor und umklammerte meine Hand.

»Schhhh!«, flüsterte sie erneut. Und zeigte mit einem Nicken zum Himmel. Und da hörte ich es auch. Einen metallisch scheppernden Schrei wie von einem Fabeltier.

Ich lauschte. Da war es wieder, dieser magische Schrei. Und dann, über unseren Köpfen, sah ich es: breite Schwingen, dunkel vor dem grauen Himmel, in langsamen, trägen Schlägen. Das Wesen mit dem lustig gebogenen Hals und dem spitzen Schnabel segelte majestätisch über unsere Köpfe hinweg.

Ein Drache!, dachte ich.

Erneut stieß der Vogel, oder was immer das war, seinen scheppernden Schrei aus.

Das löste ein duselig warmes, seliges Ganzkörpergefühl in mir aus. Mit meiner freien Hand griff ich nach Indianes Hand. Okay, das war blöd von mir. Echt bescheuert. Aber dort und in dem Augenblick fühlte ich mich wie im Traum: Über uns flog ein Drache!

»Das ist ein Graureiher«, flüsterte Indiane. »Ist der nicht schön?«

Graureiher?

Ich kannte mich mit Vögeln nicht so aus. Aber vom Graureiher hatte ich schon mal was gehört. Ein Fabeltier war das nicht gerade.

Als der Vogel sich senkte und im Schilf auf der andere Seite landete, sah ich, dass ich den Vogel schon oft gesehen hatte. Er hatte ein punkiges Federbüschel auf dem Kopf, das ihn ein bisschen exotisch aussehen ließ, als käme er aus dem Urlaub im Süden, ansonsten war es ein ganz gewöhnlicher, grauer Vogel. Mit gebogenem Hals und sehr langen Beinen.

Ich zog meine Hand schnell wieder weg.

Indiane sah irgendwie enttäuscht aus. Auf alle Fälle glaube ich nicht, dass es zufällig war, als sie mit angesäuertem Unterton fragte: »War dein Vater schon immer schwul?«

01:35

Musste eine Pause machen, weil mir die Hand vom vielen Schreiben wehtat. Und der Hintern ist mir von der langen Hockerei auf dem Klo auch eingeschlafen, also liege ich jetzt in meinem Bett im Wohnwagen. Papa schläft tief und fest und geht mir mit seinem Schnarchen auf die Nerven.

Ich habe Indiane erklärt, dass Papa NIEMALS schwul gewesen ist. Nicht jetzt, früher nicht, niemals.

Aber Indiane behauptete, ihr Vater hätte einen Gaydar, so eine Art inneren Radar, der ihm sagte, wer schwul ist und wer nicht. Und bei Papa war er sich hundertprozentig sicher.

Ich wiederum war sehr sicher, dass Papa es nicht war. Und darum griff ich nach den Rudern und ruderte Richtung Land. Ich konnte Papa unmöglich mit Roger alleine lassen! Wenn er Papa für schwul hielt, konnte es zu sehr peinlichen Missverständnissen kommen.

»Das ist nun mal so, Arvidsjaur«, sagte Indiane, »dass ein Schwuler sofort spürt, ob sein Gegenüber das auch ist. Am Lächeln. Dem Blick. Wenn du schwul bist, merken andere Schwule das, ob du es willst oder nicht …«

Sobald ich den Anlegesteg erreicht hatte, rannte ich den Traktorweg hoch zu Rogers Haus und stürmte hinein. Das Esszimmer war leer – die dreckigen Teller standen noch auf dem Tisch. Im Wohnzimmer hörte ich eine tiefe, vibrierende Stimme etwas auf Französisch sagen, das verdächtig nach einem Gedicht klang. Und obwohl die Stimme verstellt war, männlich irgendwie, bestand kein Zweifel, dass es Papas Stimme war.

Sie saßen auf dem Sofa. Glücklicherweise jeder an einem Ende. Papa lehnte an einem Sofakissen mit einem gelben Buch in der Hand, das er aus dem Wohnwagen geholt haben musste, jedenfalls hatte ich es in der Buchkiste gesehen, die er mitgebracht hatte. Er hielt das Buch am ausgestreckten Arm und näselte die französischen Wörter auf sehr suspekte Weise. Roger Berg saß in der anderen Sofaecke, ein Weinglas in der Hand. Er hatte den Kopf in den Nacken gelegt und die Augen geschlossen. Er sah verträumt selig aus, als bekäme er gerade eine Massage.

So konnte das nicht weitergehen.

Ich warf mich zwischen den beiden aufs Sofa und unterbrach sie brüsk. »Wann gehen wir nach Hause?«

Papa streckte sich nach seinem Weinglas aus, das auf dem Tisch stand. »Ich bleibe heute Abend gaaaanz lange auf«, sagte er und trank einen großen Schluck.

Der Wein hatte bereits angefangen, ihn zu benebeln. Nicht weiter verwunderlich, er war es nicht gewohnt, Wein zu trinken. Höchstens mal bei einer Hochzeit oder Konfirmation. Solche großen Feste, bei denen es unhöflich ist, nicht mit Wein anzustoßen. Jetzt trank er das Zeug wie Saft. Seine Augen glänzten und in seinen Mundwinkeln zuckte ein merkwürdiges Lächeln.

»Ich glaube, es ist besser, wenn wir jetzt schlafen gehen«, flüsterte ich Papa zu. Aber Papa tat, als würde er mich nicht hören.

»Wollen wir jetzt die Skizze für den Wohnwagenvorbau machen?«, fragte er Roger.

»Hä?«, sagte ich.

»Ich helfe deinem Vater, ein Vordach für den Wohnwagen zu bauen«, sagte Roger, stand auf und ging zu seinem Schreibtisch, um Block und Bleistift zu holen. Danach quetschte er sich zwischen mich und Papa wieder aufs Sofa und begann zu zeichnen.

Wie sich zeigte, war der Wohnwagenvorbau nicht der einzige Annäherungsversuch, den Roger während meiner Abwesenheit gestartet hatte. Er hatte Papa außerdem noch angeboten, mit dem Wohnwagen auf das Grundstück neben seinem Haus umzuziehen.

»Von da ist es auch näher zum Plumpsklo«, sagte Papa.

»Ihr kommt natürlich einfach zu uns, wenn ihr aufs Klo müsst oder duschen wollt«, sagte Roger.

»Wir können unter dem Wasserfall duschen!«, sagte ich.

Indiane kam herein, um Lady für einen Spaziergang abzuholen. Sie würdigte mich keines Blickes.

»Nimm Arvid mit«, sagte Roger.

»NEIN!«, riefen Indiane und ich wie aus einem Mund. Papa und Roger sahen sich an und kicherten los.

»Waldo müsste auch mal raus«, sagte Papa.

»Er muss vor allem von der Töle ferngehalten werden«, sagte ich mit einem Nicken zu Lady. Indiane schnaufte verächtlich.

»Köter!«, sagte sie und ging.

Und wieder sahen Papa und Roger sich an und grinsten.

»*Love is in the air*«, sang Roger und Papa stimmte ein. »*Everywhere I look around.*«

»Ihr kapiert doch gar nichts!«, sagte ich.

»Nein, wir kapieren *nichts*«, sagte Papa und sah Roger an.

»Nichts«, sagte Roger und schüttelte den Kopf.

Eigentlich wäre ich am liebsten getürmt, aber das Risiko, sie alleine zu lassen, war mir zu groß. Nicht weil Papa einen besonders schwulen Eindruck auf mich machte. Er war einfach nur aufgedreht und glücklich. Seit der Sache mit Mama war das nicht so oft vorgekommen. Aber Papa hatte keine Erfahrung mit Rotwein. Und ich hatte irgendwo aufgeschnappt, dass Alkohol manche Leute die seltsamsten Dinge tun lässt. Wie zum Beispiel der Familienvater, der Ferien in Las Vegas machte und sich die Hucke volllaufen ließ. Beim Aufwachen konnte er sich an nichts mehr erinnern, aber wie sich zeigte, hatte er 50 000 Dollar verspielt und einen Transvestiten geheiratet.

Darum blieb ich auf dem Sofa sitzen und spielte bis tief in die Nacht auf meinem Handy und chattete mit Frank. Er machte gerade mit ein paar schwedischen Jungs, die er kennengelernt hatte, die Nacht durch. »Wenn du hier bist, können wir auch die Nächte durchmachen!«, schrieb ich zurück.

Zu diesem Zeitpunkt glaubte ich noch nicht an das, was Indiane über Papa gesagt hatte. Noch war ich wunderbar ahnungslos, wie dicke es noch kommen würde. Hätte ich es gewusst, hätte ich Papa keine Sekunde mehr aus den Augen gelassen.

03:37

(Ja, echt wahr!)

Es ist bald vier Uhr morgens! So lange war ich noch nie wach! Ich habe beschlossen, die Nacht durchzumachen. Vielleicht kapier ich ja hinterher, wozu das gut sein soll. Und irgendwie bin ich so mit Frank zusammen, weil wir beide mitten in der Nacht wach sind, wenn auch an unterschiedlichen Enden Europas.

Also, wo war ich stehen geblieben? Das Abendessen. Als ich am nächsten Morgen, sprich vorgestern, wach wurde … das kommt mir viel länger her vor … Na, wie auch immer: Als ich wach wurde, waren Papa und Roger schon in den Ort gefahren, um Bretter und alles nötige Material zu besorgen, das sie für den Vorbau brauchten. Das gefiel mir gar nicht. Die beiden alleine beim Stadtbummel. Punkt, Punkt, Punkt. Obwohl es schon seine Vorteile hatte, dass ich alleine war. So konnte ich drei Portionen Knuspermüsli in mich reinschaufeln und dazu eine Cola trinken, zum Beispiel. Der beste Launeheber.

Mitten im Frühstück fing Waldo draußen zu bellen an. Die Tür ging auf und Indiane kam mit Wedel-Waldo auf den Fersen herein. Ich saß nur in meiner Unterhose da und griff panisch nach meinem Schlafsack. Indiane ließ sich mir gegenüber an den Tisch plumpsen. Sie steckte die Hand in die Müslipackung und schob sich eine Hand voll Knusperflocken in den Mund.

»Zieh dich an, wir machen einen Ausflug«, sagte sie. Ich sah erst jetzt, dass sie einen weißen Anzug trug, der nach Karate aussah und sich später als Judoanzug entpuppte.

Bei dem Wort »Ausflug« flippte Waldo komplett aus. Er sah mich aufgeregt und mit rotierendem Schwanz an. Ich hatte keine Wahl.

Indiane holte Lady und eine riesige Kamera mit einem Monsterzoom. Sie bräuchte Fotos. Fürs Internet, sagte sie. Sie posierte in energischen Kampfpositionen. Fauchend wie ein Wiesel. Und ich schoss Bilder. Unten auf dem Steg. Vor dem Wasserfall. Vor dem Holzstapel hinter ihrem Haus. Im Wald. Aber sie war mit keinem richtig zufrieden.

»Ich kenn mich mit der Kamera nicht so aus«, verteidigte ich mich.

Das Problem sei nicht die Kamera, meinte sie, sondern die Umgebung.

»Ich kenne einen Platz ...«

So landeten wir auf dem Berg. Von da oben hat man einen Ausblick über ganz Nordfjordbotn, über das Grundstück von Indiane und ihrem Vater, über Gretchens und Dieters Hof und die Wiese, auf der Lisbeths Pferd steht. Bis zu Lisbeth, die sich oben ohne auf einer Decke sonnte (glücklicherweise lag sie auf dem Bauch, so dass mir ihre Titten erspart blieben). Und weil die Sonne ausnahmsweise mal nicht von ein paar fetten, grauen Wolken verdeckt war, glitzerte es wunderschön auf dem Wasser, und der

Himmel war so blau und klar, dass mir ganz schummerig wurde. Was ich Indiane gegenüber natürlich mit keiner Silbe erwähnte, weil sie mich dann garantiert wegen romantischer Gefühlsduselei aufgezogen hätte.

Ich band Waldo an einen Baum, und er stand nach vorne gestemmt mit stramm zwischen sich und dem Baum gespannter Leine da und lechzte hinter Lady her, die gemütlich in der Heide und im Gestrüpp hin und her lief und herumschnüffelte, ganz ruhig und entspannt, während Waldo sich wie gewohnt hysterisch und wild gebärdete.

Indiane posierte angriffsbereit, sozusagen. Und ich schoss Fotos. Wenn man den Auslöser etwas länger drückte, machte die Kamera Bildserien. Indiane balancierte auf einem Bein auf einem Grasbüschel, die Arme über den Kopf gestreckt. Ich sollte genau in dem Augenblick abdrücken, wenn sie sich abdrückte und das Bein hoch in die Luft schleuderte.

»Mach so viele Bilder, wie nötig sind. Das muss gut werden!«, sagte sie.

Okay, sagt es niemandem weiter: Sie sah echt total klasse aus in dem Anzug. Wenn sie in die Kamera schaute, verengten sich ihre Augen zu Schlitzen. Mit dem stramm nach hinten gebundenen Pferdeschwanz sah sie stark und selbstbewusst aus. Kurz vorm Abdrücken verzog sie den Mund zu einem Lächeln und sah richtig süß aus. (WICHTIG! WICHTIG! Dass keiner denkt, ich wäre verliebt oder so, ich fand nur, dass sie gar nicht so übel aussah. Das wollte ich nur gesagt haben, für den Fall.)

»Du solltest auch mit Judo anfangen«, sagte sie. »Das ist gut, wenn man in die Mittelschule kommt. Besonders für jemanden wie dich.«

Ich fragte sie, was sie damit meinte.

»Du siehst ein bisschen schwächlich aus. Zusammengesunken und ... irgendwie schlaff. Also, mir ist das egal, aber in der Mittelstufe werden solche wie du leicht zum Opfer.«

Ich nahm mir vor, ihr zu zeigen, dass ich kein »Opfer« war, und schon gar kein leichtes. Vorsichtig legte ich Roger Bergs Kamera auf den Boden, dann ging ich zu ihr und baute mich vor ihr auf, in Kampfposition.

»Äh ...«, sagte sie. »Was soll das werden?«

Damit ging ich auf sie los.

Ich bin ziemlich stark. Wenn Frank und ich uns zum Spaß prügeln, stell ich mich anfangs etwas schwächer, damit er sich traut, ordentlich ranzugehen, sonst macht das keinen Fez. Manchmal überlasse ich ihm die Führung, bis er sich auf mich setzt und meine Hände festhält. »Ergibst du dich?«, lacht er dann mit seiner heiseren, kratzigen Stimme, glücklich in Aussicht auf den Sieg, zum ersten Mal in seinem Leben. Dann lächele ich einfach nur und aktiviere ganz ruhig die Kraft in meinen Armen. Ich winde meine Hände aus seinem Griff, stemme mich mit dem Po vom Boden ab und kippe ihn einfach von mir runter. Und dann drücke ich ihn auf den Boden und halte ihn fest.

Mit Indiane lief es nicht ganz so.

Sie scheint beim Judo auch ein paar Tricks gelernt zu haben. Obwohl ich viel größer bin als sie und meine Arme um sie geschlungen habe, um sie auf den Boden zu ziehen – ein Trick, der noch nie schiefgegangen ist –, ist sie aus meiner Umklammerung geglitscht wie ein nasser Fisch. Dann hat sie meinen einen Arm gepackt, mich halb Huckepack genommen und so durch die Luft geschleudert, dass ich mit dem Rücken auf dem Moos landete. Ich konnte nicht mal *Heilige Makkaroni* sagen, da hockte sie schon auf meinem Bauch, verdrehte meine Arme in einen schmerzhaften Knoten und hielt mich fest. Ihre Oberschenkel klemmten sich um meinen Brustkorb, dass ich kaum noch Luft bekam.

Sie grinste mich von oben herab an.

»Wahrheit oder Pflicht?«, fragte sie.

»Lass mich los!«

»Nicht, bevor du gewählt hast!«

»Wahrheit!«

»Hattest du schon mal eine Freundin? Ever?«

»Das geht dich gar nichts an!«

»Dann eben Pflicht!«

Sie beugte sich nach vorne, ihr Pferdeschwanz fiel mir über die Augen, sodass ich nichts mehr sehen konnte. Dafür spürte ich, wie sich etwas Nasses auf meinen Mund drückte. Sie küsste mich.

Im ersten Augenblick bekam ich Panik. Ich wehrte mich, aber sie hielt mich in ihrem Klammergriff fest, ich hatte null Chance. Ich wand und drehte mich, aber nichts half, meine Lippen wischten über ihre. Also änderte ich die Strategie. Ich tat, als würde ich mich ergeben, machte mich ganz locker. Was sie natürlich sofort ausnutzte – um ihre unglaublich große Zunge komplett in meinen Mund zu quetschen.

Das fühlte sich an wie eine lebende Schnecke im Mund. Echt nicht zu empfehlen.

Aber ich bin ja nicht auf den Kopf gefallen. Ich tat, als würde es mir gefallen. Und sie machte weiter. Und dann, ganz plötzlich, ruckte ich hoch, befreite mich aus ihrem Klammergriff, schubste sie zur Seite und setzte mich rittlings auf sie drauf.

Indiane grinste mich von unten herauf an, glücklich und zufrieden, als hätte sie das genau so geplant.

»Wahrheit oder Pflicht?«, sagte ich.

»Pflicht«, sagte sie und grinste noch breiter.

»Dann reiß dich zusammen!«

Ich ließ sie los, stand auf und brachte einen Sicherheitsabstand zwischen sie und mich.

Indiane lachte höhnisch. »Das war doch nur Spaß. Hast du keinen Humor?«

Ich hob die Kamera auf und tat, als wäre ich ganz darauf konzentriert. Indiane pfiff nach Lady und begann, Stöckchen zu werfen. Ich benutzte die Kamera als Fernglas und schaute runter zu Dieters Hof und zu Indianes Haus. Rogers Auto war zurück, mit einem großen Anhänger voll Baumaterial. Der Wohnwagen, der vorher auf einer Rasenfläche auf der anderen Seite des Weges gestanden hatte, stand jetzt auf Roger Bergs Grundstück, höchstens zehn Meter entfernt von Nordeuropas berühmtestem Plumpsklo.

Roger Berg und Papa luden Bretter ab und stapelten sie auf dem Rasen.

Hinter mir warf Indiane den Stock *ganz zufällig* direkt neben meine Füße, worauf Lady mich fast umrannte, als sie ihn apportierte. Waldo kläffte wie ein Bekloppter und wollte mitspielen. Ich tat, als würde ich ihn nicht hören und starrte weiter durch die Kamera.

Papa ging rückwärts mit einem Brett in der Hand, dessen anderes Ende Roger hielt. Plötzlich stolperte er, fiel hintenüber und ließ das Brett fallen. Roger Berg ging zu ihm, reichte ihm die Hand und zog ihn auf die Füße.

Und da passierte es.

Als Papa wieder aufrecht stand, zog Roger ihn an sich und – küsste ihn!

Ich zuckte zusammen. Mein Finger drückte den Auslöser und die Kamera klickte los. Keine Ahnung, wie lange es dauerte. Vielleicht nur einen ganz kurzen Moment, in dem Roger seinen Mund auf Papas Mund presste. Oder ewig lange.

Danach standen sie voreinander und sahen sich an. Sie waren zu weit weg, als dass ich Papas Gesichtsausdruck erkennen konnte. Aber er stieß Roger nicht weg und wich nicht nach hinten aus. Er stand einfach nur da und sah Roger an.

Endlich gelang es mir, den Finger vom Auslöser zu nehmen.

Ich schnappte nach Luft und Indiane wollte wissen, was los wäre.

»Nichts!«, sagte ich und drehte mich mit der Kamera weg von ihr. Aber Indiane kam zu mir und wollte sie haben. Ich wich aus, und da fing sie an zu nerven, dass das Ding 10 000 Kronen gekostet hätte und ihrem Vater gehörte. »Gib mir die Kamera, sonst kugele ich dir den Arm aus!«

Ich glaubte zwar nicht, dass sie das schaffen würde, gab ihr aber trotzdem die Kamera zurück, mit der Bedingung, dass sie alle Bilder löschte.

Sie sah sich erst einmal die Bilder an.

»Nicht angucken!«, sagte ich.

»Ich muss sie mir doch angucken, um sie zu löschen!«

Ihr Gesicht versteinerte.

»Oh nein!«, stöhnte sie. »Papa, du Idiot! Ich hab doch gesagt, du sollst nicht ...«

Da bin ich einfach losgerannt.

Hatte Hunger und hab eine Zimtschnecke gefuttert. Bin aus dem Wohnwagen geschlichen, um Papa nicht zu wecken. Aber draußen war es eiskalt, darum hocke ich jetzt wieder auf dem Plumpsklo. Gut, dass es hier Strom und einen Radiator gibt! (Und Duftspray! Ich versprühe jede Viertelstunde ein paar Stöße, um den Kackgestank zu vertreiben.)

Ich kann nicht sagen, wie mein Plan war, als ich losgerannt bin. Oder: Es gab überhaupt keinen Plan. Ich rannte den Berg runter, durch den Wald, über den Traktorweg und den Hang zu Indianes Haus hoch. Als ich das Grundstück erreichte, luden Papa und Roger wieder Bretter vom Anhänger ab, als ob nichts gewesen wäre. Ich hätte ihnen am liebsten das Brett aus der Hand gerissen und

Papa klargemacht, dass wir auf der Stelle abreisen mussten. Aber das wollte ich ihm nicht um die Ohren hauen, wenn Roger dabei war.

Stattdessen bin ich ins Plumpsklo gelaufen und hab die Tür abgeschlossen.

Erst da fiel mir ein, dass ich Waldo oben auf dem Berg vergessen hatte.

Ich hakte den Riegel aus und spähte nach draußen. Papa und Roger hatten mir günstigerweise beide den Rücken zugedreht. Ich schlich nach draußen und lief zurück zum Berg. Oben am Hang sah ich Indiane mit Waldo an der Leine und Lady ohne Leine vorweg. Waldo hechelte hinter Lady her, aber die hatte einen guten Vorsprung und Indiane hatte ihn sicher im Griff. Super, dachte ich, dann passt sie auf Waldo auf und ich kann mit meinem Kram weitermachen.

Ich rannte zurück zum Plumpsklo, diesmal aber leider nicht ungesehen.

»Arvid!«, rief Papa. »Hast du was gegessen?«

Ich gab mir Mühe, die Tür besonders laut zuzuknallen.

Kurz darauf klopfte es. Ich antwortete nicht.

»Ich bin's«, flüsterte Indiane vor der Tür. »Lass mich rein. Wir müssen reden.«

Ich antwortete immer noch nicht.

Indiane klopfte erneut.

»Ich will auch nicht, dass unsere Papas zusammenkommen.«

Ich sagte nichts.

»Sie sind jetzt reingegangen«, sagte sie. »In den Wohnwagen. Papa macht gerne einen Mittagschlaf. Jetzt mach schon endlich auf!«

Ich machte auf.

Ich behielt den Wohnwagen durch den Türspalt im Auge.

Indiane war echt ganz schön clever. Sie hatte Lady an ihrer Leine neben der Hundehütte festgebunden und Waldo an seiner Leine an den Wohnwagen auf der anderen Seite des Grundstückes. Waldo jaulte ununterbrochen, weil er zu Lady wollte. Der Lärm dürfte auf alle Fälle ein ziemlicher Dämpfer sein für was auch immer Papa und Roger im Wageninnern trieben. Papa kam alle naselang nach draußen und raunzte Waldo an.

Bei der Gelegenheit hat Indiane mir vorgeschlagen, in das Gästebuch zu schreiben. Wobei nicht so wichtig wäre, die ganze Wahrheit zu schreiben, meinte sie.

»Schreib was übers Wetter und wie schön es hier ist. Solche Sachen eben, die man in Gästebücher schreibt.«

Von ihr kam auch der Vorschlag mit Dieters Erdbeerfeld, obwohl das gar nicht stimmte. (Roger Berg und Dieter hassen sich.) Und das mit den Fischen, die wir an Lisbeths Katze verfüttert haben (dabei hatten wir gar nichts gefangen, und ich war mir nicht sicher, ob Lisbeth überhaupt eine Katze hatte). Und dann wollte sie, dass das mit dem schwul schwarz auf weiß dasteht, obwohl ich ziemlich sicher war, dass das nicht stimmte.

Ich glaube, eigentlich wollte sie nur ihren Vater ärgern. Sie wollte, dass er in dem Gästebuch las. Damit er raffte, dass Indiane extrem dagegen war, dass er ausgerechnet mit Papa schwul war.

Wir saßen da und unterhielten uns, jeder auf seinem Plumpsklodeckel.

»In der Stadt ist es kein Problem, schwul zu sein«, sagte Indiane. »Da finden die Leute das cool. Aber hier auf dem Land ... Die Leute stecken voller Vorurteile. Seit wir hierher gezogen sind, haben sie mich echt merkwürdige Dinge gefragt. *Wie ist das, einen schwulen Papa zu haben? Bist du lesbisch?* Die meisten sagen gar nichts, aber ich sehe ihnen an, wie neugierig sie Papa anglotzen, wenn er mich von der Schule abholt. Und jetzt ...«

Sie schüttelte den Kopf, sagte aber nichts. Wahrscheinlich sollte ich es mir selber denken. Aber ich hatte keine Ahnung, was sie meinte.

»Was jetzt?«, hakte ich nach.

Indiane nahm meine Hand und sah mir tief in die Augen.

»Wir müssen sie auseinanderbringen. Einen schwulen Vater zu haben ist okay, aber einen, der mit deinem Vater zusammen schwul ist ...«

Ich zog meine Hand weg.

»Sorry«, sagte Indiane. »Aber er ist schon ein bisschen merkwürdig.«

Ich hatte keine Lust, noch weiter mit ihr zu reden. Ich bat sie zu gehen, aber sie wollte nicht.

»Ich muss mal!«, sagte ich.

»Dann halte ich eben die Nase zu. Wir bleiben hier, bis wir eine Lösung gefunden haben.«

Sie zog sich in die Ecke zurück, drehte mir den Rücken zu und hielt sich die Nase zu.

»Sag, wenn du fertig bist!«

Draußen jaulte und kläffte Waldo, Papa kam aus dem Wohnwagen und blaffte ihn an. Waldo verstummte. Wahrscheinlich hatte Papa ihn mit in den Wagen genommen. Gut. In Anwesenheit von Waldo konnten Papa und Roger jedenfalls nichts Verbotenes tun.

»Das kann verdammt nochmal nicht sein, dass Papa schwul ist!«, platzte es aus mir heraus.

»Was ist schlimm daran, schwul zu sein?«, fuhr Indiane mich an.

Sie drehte sich um, und als sie sah, dass ich nicht klomäßig auf dem Plumpsklo saß, ließ sie ihre Nase los.

Ich versuchte, ihr zu erklären, dass ich es nicht schlimm fand, wenn Schwule schwul sind, aber schon, dass Papa schwul war, obwohl er eigentlich gar nicht schwul ist. Wäre er schwul, dann meinetwegen. Aber er war Ewigkeiten mit Mama verheiratet und er hatte nichts typisch Schwules an sich. Indiane bekam Zornesfalten auf der Stirn.

»Was genau meinst du mit *typisch schwul*?«

Ich traute mich nicht zu sagen, an was ich dachte. Femi-Gang mit Hüftschwung. Mit hoher Stimme über Mode, Kleider oder Blumen sprechen. Mit abgeknicktem Handgelenk herumtrippeln. Discomusik hören und hautenge Lederklamotten tragen.

So war ihr Vater ja nun nicht unbedingt. Er war der männlichste Typ, der mir je begegnet war. Abgesehen von der Discomucke und der Discokugel im Plumpsklo. Das war sehr schwul.

»Was meinst du mit *typisch schwul?*«, wiederholte Indiane.

»Ich weiß es nicht!«, sagte ich. »Jedenfalls glaube ich es erst, wenn ich es sehe.«

»Du hast es doch gesehen!«

»Das war dein Vater, der Papa geküsst hat. Bestimmt hat Papa ihm direkt gesagt, dass er das lassen soll!«

»Hoffentlich«, sagte Indiane. »Wenn Papa sich in deinen Vater verliebt und der sich plötzlich als nicht schwul entpuppt, raste ich aus!«

Damit stürmte sie nach draußen.

Ich bekomme gleich einen Krampf in der Hand, aber jetzt fehlt nicht mehr viel. Das Geniale ist, dass ich gar nicht müde bin! Ich bin hellwach, dabei ist es schon nach sechs Uhr. Der Tag hat schon wieder angefangen. Hat man um sechs Uhr morgens die Nacht durchgemacht? Oder erst, wenn man 24 Stunden am Stück wach war? Ich muss Frank fragen.

Ich folgte Indiane, um zu verhindern, dass sie zum Wohnwagen lief und es laut rausposaunte. Sie lief zum Wohnwagen. Aber sie posaunte nichts laut raus, sondern beugte sich zur Tür vor und lauschte. Waldo fing drinnen an zu kläffen. Indiane zuckte zusammen und riss in einem Anfall von Panik die Tür auf. Waldo sprang an ihr hoch und schlabberte ihr durchs Gesicht. Ich hatte es jetzt auch bis zur Tür geschafft und schaute mit Indiane in den Wagen. Roger Berg schraubte an der kaputten Lampe über meinem Bett rum.

Papa kam aus Richtung Küchennische mit so einer durchsichtigen Kaffeekanne in der Hand, wie man sie in Restaurants benutzt. Die musste neu sein, weil ich die noch nie gesehen hatte.

»Es gibt Kaffee und Zimtbrötchen, sobald Roger deine Lampe repariert hat«, sagte er. »Mögt ihr auch was?«

Papa deckte den Campingtisch mit Kaffeetassen für sich und Roger und Indiane (die behauptete, schon ewig Kaffeetrinkerin zu sein) und einem Glas Sprudel für mich. Papa hatte nicht nur Geld für eine teure Kaffeekanne rausgeschmissen, sondern obendrein noch für Zimtwecken vom Bäcker. Als Roger meine Lampe wieder zum Leben erweckt hatte, kam er nach draußen und setzte sich zu uns. Jetzt war Papa der Gastgeber, der einschenkte und servierte. Und in den Wagen lief, um Milch für Indiane zu holen.

Ich beobachtete Papa sehr genau.

Er schwang beim Gehen schon mal nicht mit der Hüfte.

Und knickte nicht das Handgelenk ab.

Er sprach nicht mit heller Fistelstimme.

Und er kicherte nicht rum.

Und soweit ich es sehen konnte, hatte er auch nicht mit Puder und Mascara angefangen, wie Jan Thomas.

Ich fand ihn kein bisschen schwul.

Und als Indiane plötzlich aufstand und ins Haus lief, beschloss ich, das Gästebuch zu verstecken. Damit sich das Gerücht, dass Papa schwul ist, nicht verbreitete. Was gut war, weil kurz darauf die schwedische Familie kam.

Es ist jetzt 06:53! Bald bin ich 24 Stunden am Stück wach. Gestern bin ich so gegen neun Uhr aus den Federn. (Frank hat auf meine Frage geantwortet, dass man mindestens 24 Stunden zusammenhängend wach sein muss.) Ich hab jetzt schon so viele Seiten beschrieben, dass ich sie nicht mehr zählen kann. Aber es war gut, den ganzen Mist aus mir raus zu schreiben.

Und je länger ich darüber nachdenke, desto sicherer bin ich: Papa ist nicht schwul. Das kann nicht sein.

Gut, dass ich das alles aufgeschrieben habe, so konnte das Missverständnis wenigstens geklärt werden.

4. JULI, 01:32

Mist, Mist, Mist.

Jetzt gibt's keinen Zweifel mehr. Ich habe es mit eigenen Augen gesehen, gerade eben. Oder gehört.

Er IST schwul.

Total schwul.

So einen leichten Verdacht hatte ich ja schon. Nach der Radtour. Und dem Grillfest. Aber das hier ...

Okay, nochmal ganz von vorne und in der richtigen Reihenfolge. Mein letzter Gästebucheintrag ist jetzt ein paar Tage her.

Das Rund-um-die-Uhr-wach-Bleiben ist geplatzt, weil ich eingepennt bin – auf dem Plumpsklo! So gegen zehn Uhr bin ich von Männerstimmen vor der Tür wach geworden, eine davon war Papas.

Hier ein paar Informationen, bevor ich weitererzähle:

1. Papa macht nie Radtouren. Manchmal fährt er mit dem Rad zum Einkaufen oder zur Arbeit, aber nie, um einfach nur Rad zu fahren.
2. Papa trainiert nie. Selbst beim Fußballtraining steht er ganz ruhig auf der Stelle. Außer er zeigt uns, wie wir schießen sollen, aber meistens lässt er das Frank zeigen, weil Frank das viel besser kann als er.

3. Papa trägt nie Trainingsklamotten, nicht mal beim Fußballtraining. Ich kenn ihn nur mit Jeans und Hemd und seiner Allwetterjacke, weil es immer so kalt ist, wenn wir draußen spielen.

Als ich jetzt also benommen und verschlafen aus dem Plumpsklo getorkelt kam, schob Roger Berg gerade ein Rennrad aus der Garage, das wie frisch importiert von der Tour de France aussah, in einem hautengen Radtrikot mit dicker Beule im Schritt. Auf dem Kopf hatte er einen aerodynamischen Helm und eine spacige Radlerbrille. Hinter ihm kam Papa aus der Garage. Wie ich später erfuhr, schob er Indianes Rad nach draußen, ein Herren-Trekkingrad. Der rosa Helm auf seinem Kopf konnte nur Indianes sein. Papa schoss meinen Rat in den Wind, ihn lieber zu Hause zu lassen. »Sicherheit vor Schönheit!«, sagte er.

Und erst da sah ich es: dass Papa einen Trainingsanzug trug. Einen zu großen und beuteligen Adidasanzug, vermutlich von Roger geliehen. Auf die Frage, was sie vorhätten, antwortete Roger: »Eine Runde Radfahren. Trainieren.«

Und Papa widersprach nicht.

Also:

1. Papa wollte eine Radtour machen – zusammen mit Roger.
2. Papa wollte trainieren. Zusammen mit Roger.
3. Papa hatte einen Trainingsanzug angezogen. Zusammen mit Roger. (Wahrscheinlich hatte er ihn nicht direkt zusammen mit Roger angezogen, wenn du verstehst, was ich meine. Aber Roger

brachte Papa dazu, alle möglichen Dinge zu tun, die er normalerweise nicht tat. So was ist schon Grund zur Sorge.)

Ich ging schnurstracks ins Haus und weckte Indiane, die glücklicherweise in einem gestreiften Schlafanzug schlief. Sie rieb sich den Schlaf aus den Augen und plinkerte mich überrascht an.

»Komm!«, sagte ich und zog sie hinter mir her zum Fenster. Roger schob gerade sein Rad von der Auffahrt auf die Straße, schwang sich auf den Sattel und trampelte los. Hinter ihm, leicht unsicher auf Indianes Rad, folgte Papa. Mit dem rosa Helm auf dem Kopf.

»Sollten wir nicht besser hinter ihnen her fahren?«, fragte ich.

»Womit?«, konterte Indiane. »Dem Auto?«

Indiane drehte sich um und stapfte aus dem Zimmer. Ich dachte, sie wäre auf dem Weg nach unten, um die Verfolgung aufzunehmen, aber sie bog zum Badezimmer ab, fast hätte ich die zuschlagende Tür auf die Nase gekriegt.

»Vielleicht hast du ja doch recht«, sagte ich durch die Tür. Ich hörte ein Plätschern in der Kloschüssel – ein Geräusch, das ich lieber nicht gehört hätte, aber ich wollte ihre Antwort nicht verpassen.

»Weil dein Vater einen rosa Helm aufhat?«

Ich versuchte, ihr klarzumachen, dass Papa nie Fahrradtouren machte, nie trainierte und vor allen Dingen niemals Trainingsklamotten trug. Aber sie wollte es einfach nicht begreifen.

»Dass sie sich geküsst haben, das ist echt bedenklich, big deal«, sagte sie. »Aber dass zwei Erwachsene zusammen Fahrrad fahren, das bedeutet nichts!«

Sie wurde eines Besseren belehrt, als Papa und Roger drei Stunden später (richtig gehört, drei Stunden! Wer bitte fährt drei Stunden mit dem Rad durch die Gegend?) nach Hause kamen. Ich saß mit einem fiepsenden Waldo zu meinen Füßen an unserem Campingtisch, spielte Nintendo und wartete auf eine Antwort von Frank. Ich hatte ihn gefragt, wann genau er vorhatte zu kommen. Indiane lag in einem Liegestuhl auf dem Rasen und las *Illustrierte Wissenschaft*, während Lady in der Hundehütte einen Knochen benagte. Indiane sah sie als Erste.

»Arvidsjaur!«, rief sie. »Sie kommen!«

Roger kam mit voller Fahrt auf seinem Rad angerast, gefolgt von einem anderen Mann. Wo ist Papa?, dachte ich, weil der Mann auf dem anderen Rad Kondomtrikot, Sonnenbrille und Superhelden-Helm trug. Erst als sie zwischen Indiane und mir auf das Grundstück rollten, erkannte ich Papas knubbeligen Körper in dem Kondomdress wieder.

»Oh Mist, wie siehst du denn aus?«, fragte ich.

Papa machte eine Vollbremsung und grinste verschmitzt.

»Und morgen krieg ich ein neues Fahrrad, genauso eins wie Roger!«

»Und wo hast du das Geld her?«, fragte ich.

»Zerbrich dir nicht den Kopf darüber«, sagte Roger Berg und sprang elegant vom Rad.

Ich bohrte meinen Blick in Papa. »Hast du etwa Geld von *dem da* geliehen?«

Papa lächelte verlegen. Roger schob sein Rad zur Garage.

»Heute Abend wird gegrillt. Wir haben Lachsfilet gekauft!«

»Papa!«, sagte Indiane, rannte an Roger vorbei und baute sich mit in die Seiten gestemmten Händen vor ihm auf. »Hast du *dem da* etwa ein Rad geschenkt?«

Roger Berg ging an Indiane vorbei und drückte ihr einen Kuss auf die Wange. »Und zum Dessert gibt's Pavlova!«

Wir bekamen keine ordentliche Antwort, was eigentlich passiert war. Indiane bohrte hartnäckig nach, aber ihr Vater meinte, damit hätte sie nichts zu schaffen.

Als unsere Väter im Haus verschwanden, kam Indiane direkt zu mir.

»Plumpsklo!«, sagte sie. »Auf der Stelle!«

Und dort, jeder auf seinem Klodeckel sitzend, schmiedeten wir den Notfallplan. Ab jetzt würden wir sie nicht mehr aus den Augen lassen. Und sobald wir weitere Anzeichen dafür sahen, was auf keinen Fall passieren durfte, wollten wir zuschlagen.

Indiane und ich waren uns in den meisten Dingen uneinig, aber in einer Sache herrschte absolute Einigkeit zwischen uns: Wir zwei wollten auf keinen Fall – NIEMALS – Geschwister werden!

»Apropos«, sagte ich. »Was glaubst du, machen die jetzt da drinnen im Haus?«

Indiane zog eine erschrockene Grimasse.

»Papa duscht meistens erst mal, wenn er trainiert hat!«

Wir beeilten uns, ins Haus zu kommen, aber es war falscher Alarm: Roger machte im Wohnzimmer Dehnübungen und trank ab und zu aus einer Trinkflasche. Wir taten, als wären wir auf dem Weg in Indianes Zimmer. Und als wir dort ankamen, hörten wir die Dusche im Bad.

Wir überwachten die beiden aus Indianes Zimmer.

Sie schleppten Bretter, maßen aus, sägten. Roger gab Anweisungen und Papa tat, wozu er aufgefordert wurde.

Auf Dauer war das ziemlich langweilig. Zwei handwerkelnde Väter sind nicht gerade das Allerspannendste.

Wir wechselten uns beim Computerspielen ab. Indiane scheint nicht sehr viele Freunde zu haben. So gut wie sie ist, dürfte sie den ganzen Tag spielen. Ziemlich unfaire Voraussetzungen.

Irgendwann kam die Sonne raus und schien so grell auf den Bildschirm, dass wir nichts mehr erkennen konnten. Und es wurde tierisch heiß im Zimmer, obwohl das Fenster sperrangelweit offen stand.

Wir beschlossen, unsere Überwachung draußen fortzusetzen. Dazu nahmen wir Rogers Bazooka-Kamera und ein Jagdfernglas mit und begaben uns zum Wald. Roger rief »App, app, app« hinter uns her und forderte Indiane auf, die Kamera zurück ins Haus zu bringen.

»Aber wir wollen Vögel beobachten«, sagte Indiane.

Roger lachte. »*Du* willst Vögel beobachten?!«

»Arvidsjaur ...«, setzte Indiane an, besann sich aber und korrigierte sich. »Arvid ... ist Vogelexperte, er weiß echt viel. Über den Graureiher ... und Bekassine ...«

Roger und Papa musterten mich skeptisch.

»Und Mokassins«, sagte ich.

Papa und Roger sahen sich an.

»Dann haltet mal nach den vom Aussterben bedrohten Wanderstiefeln Ausschau!«, sagte Roger. Papa und er prusteten los. Und dann taten sie etwas sehr Merkwürdiges für Erwachsene: Sie klatschten sich mit einem High five ab. Zum Glück war Frank noch nicht hier und bekam das mit!

»Papa, lass das!«, sagte Indiane.

»Okay«, sagte Roger. »Nimm sie mit. Aber keine Aktfotos von Lisbeth, bitte!«

Wir fanden ein gutes Versteck am Hang, von wo aus wir sie gut beobachten konnten. Sie maßen aus, sägten und hämmerten, zwischendurch tranken sie Sprudel. Wir konnten nicht hören, was sie sagten, aber das sah nicht direkt nach Flirterei aus. Und sie starrten sich auch nicht tief in die Augen oder so. Das einzig Verdächtige war, dass die ganze Zeit Discomucke lief.

Keine Ahnung, wie Detektive das stundenlang aushalten zu oberservieren, wenn null Komma nichts passiert. Wir waren nach einer Weile jedenfalls so angeödet, Papa und Roger beim Tischlern zuzugucken, dass wir uns irgendeine Abwechslung suchen mussten, wenn wir nicht vor Langeweile sterben wollten. Eine Weile haben wir tatsächlich Vögel beobachtet und uns an ein paar Graureiher angeschlichen, die im Schilf standen und ab und zu was aus dem Wasser pickten. Da waren auch ein paar Entenküken, die hinter ihrer Mutter herschwammen und Tauchen übten. Danach haben wir mit Lady gespielt, die aber nicht so in Spiellaune war. Sie lag die meiste Zeit faul rum oder erkundete schnüffelnd die Umgebung. (Waldo war am Wagen festgebunden, damit er mich nicht noch mal so blamierte.)

Ich fragte Indiane, ob sie mir ein paar Judotricks beibringen könnte, aber sie meinte, dass ich dafür vorher erstmal Falltechniken lernen müsste. Das war viel schwieriger als gedacht, aber ich war sehr lernwillig. Nach einer Weile konnte ich richtig gut fallen. Wenn es stimmt, dass einem in der Mittelstufe ordentlich Prügel bevorstehen, habe ich jetzt wenigstens gelernt, sie mit Stil einzustecken.

Zwischendurch schauten wir nach, was Papa und Roger machten, aber abgesehen von Papas ungewöhnlichem Handwerkereifer konnten wir nichts Verdächtiges beobachten. Zwischendurch setzten sie sich ins Gras, um auszuruhen, aber mit Sicherheitsabstand. Und sie himmelten sich auch nicht die ganze Zeit an, wie Verliebte das tun.

Genau das sagte ich auch zu Indiane. Dass es nicht so aussähe, als wäre da was zwischen den beiden.

»Sie verbergen es«, sagte Indiane.

Und so vergingen die Tage. Indiane war überzeugt, dass zwischen den beiden was im Busche war, mir kam das Ganze eigentlich eher harmlos vor. Die meiste Zeit hielten wir uns in der Nähe von Papa und Roger auf. Wir spielten Badminton, lagen auf meinem Bett im Wohnwagen und spielten Nintendo und warfen zwischendurch

Kontrollblicke aus dem Fenster. Aber wir hatten keinen Nerv, ihnen die ganze Zeit hinterherzuspionieren. Zwischendurch gingen wir angeln. Mit Angelruten. Wenn was anbiss, machte Indiane den Fisch los und warf ihn wieder ins Wasser. Essen wollten wir sie nicht. An einem Tag war es so warm, dass wir in dem Becken unter dem Wasserfall badeten. Aber nur kurz, um schnell wieder zu Hause zu sein und zu überprüfen, ob Papa und Roger auch wirklich tischlerten und hämmerten und sägten wie angekündigt.

Nachdem Papa und Roger das neue Rennrad abgeholt hatten (glitzernde Silberlackierung und verkleidete Speichen), bestanden wir darauf, die erste Tour mitzufahren. Ich saß auf Indianes Gepäckträger und wir eierten und schlingerten so durch die Gegend, dass Papa und Roger ständig anhalten und auf uns warten mussten. Damit war zumindest sicher, dass sie sich bei dieser Radtour nicht näherkamen.

Am Abend grillten wir auf Rogers und Indianes Veranda und nach dem Essen gaben Indiane und ich vor, was im Garten machen zu wollen, um sie unauffällig zu beobachten. Badminton, Fussballpässe üben, Krocket. Zwischendurch setzten wir uns auf eine Decke auf dem Rasen und spielten Nintendo. Als es dunkel wurde, zogen wir unsere Papas jeder in seine Richtung und konnten erleichtert aufatmen. Als Mama dann eines Abends anrief und ich wie gewohnt nicht abnahm, worauf sie eine Nörgel-SMS schrieb und fragte, ob es mir auch gut ginge, konnte ich ganz wahrheitsgemäß antworten: »Super!«

Aber dann, gestern Abend, als Roger den Grill vorbereitete, war er noch besser gelaunt als üblich. Er pfiff und sang vor sich hin und deckte tänzelnd den Tisch. Papa war genauso aufgedreht und ich ging mal davon aus, dass die gute Laune auf die Radtour zurückzuführen war, die sie an dem Tag gemacht hatten. (Ob da was Besonderes vorgefallen war, wussten nur die beiden, da sie sich auf die Räder geschwungen hatten, als wir gerade mit dem Boot unterwegs waren.)

Es gab Beefsteak. Mit selbst gemachtem Kartoffelsalat. Den größten Teil auf meinem Teller begrub ich unter meiner Serviette. Indiane und ich durften so viel Limo trinken, wie wir wollten. Und Papa und Roger tranken Rotwein, in großen Schlucken.

»Herrlich ist das«, sagte Papa. »Einfach nur das Leben genießen.«

Ich sah Indiane an. Sie schaute fragend zurück. Na ja, sie kennt Papa halt nicht so gut. Papa ist einfach nicht der Typ, der sagt *das Leben ist schön und gleich gibt's Kaffee*. Er isst und trinkt, weil man was essen und trinken muss, und geht mit der Zeitung aufs Klo.

Papa schenkte Indiane und mir Limo nach.

»Ihr braucht Zucker, Kinder, ihr seid so ernst!«

Das aus Papas Mund. Der ernsteste Mensch, den ich kenne.

Zum Nachtisch gab es einen nicht ganz fertig gebackenen Kuchen. Der Klitsch innen lief heraus, als ich mit meiner Gabel hineinstach. Roger schlug vor, dass Indiane und ich doch drinnen ein Computerspiel machen oder einen Film mit 18-Jahres-Grenze anschauen könnten, aber als ich mich erhob, um reinzugehen, zog Indiane mich zurück auf meinen Platz und verkündete, dass wir Backgammon spielen wollten, draußen.

Das war natürlich nur eine Ausrede, um in Papas und Rogers Nähe zu bleiben, schon klar.

Ich hatte etwas Schwierigkeiten, die Regeln von Backgammon zu kapieren, weil ich mit einem Ohr lauschte, worüber Papa und Roger sich unterhielten. Sie sprachen über Jobs und Urlaube, die sie gemacht und wo sie überall schon gewohnt hatten. Dann kamen Autos dran und Beziehungen. Papa hatte vor Mama nur eine andere gehabt, was mir völlig neu war und was ich positiv vermerkte. Es war mir nämlich immer schon ein Rätsel gewesen, wie ein so langweiliger Mensch wie Papa es überhaupt geschafft hatte, mit so jemandem wie Mama zusammenzukommen. Dazu muss man wissen, dass sie ihn angebaggert hatte. Roger hatte schon so viele Freunde, da hätte man locker eine Fußballmannschaft zusammengekriegt, bei einem konnte er sich nicht mal mehr an den Namen erinnern. Er hätte viele Freunde gehabt, sagte er, aber mit Harald wäre das-bums-aus vorbei gewesen. (Harald = Indianes zweiter Papa.)

Darüber unterhielten sie sich. Ganz normal. Und dabei sahen sie kein bisschen verliebt aus. Ich teilte Indiane meine Beobachtungen mit.

»Machst du Witze?«, sagte Indiane. »Sieh sie dir doch mal an!«

Ich sah sie an.

»Sieh sie dir ganz genau an«, sagte Indiane. Ich sah sie ganz genau an.

Da war tatsächlich *etwas* in Papas Blick. So was begeistert Leuchtendes. Wenn Roger redete, strahlten Papas Augen wie Diskokugeln, dazu lächelte er leicht dämlich mit offenem Mund. Und er hielt das Weinglas so komisch oben am Stiel, dabei strich er mit dem Daumen gedankenverloren über das Glas. Und bei jedem Schluck schloss er die Augen und hatte so einen verträumten Ausdruck im Gesicht.

Roger Berg erzählte laut und fuchtelte mit den Armen, ganz engagiert und begeistert. (Ich glaube, das ist bei Leuten so, die zu viel trainieren, bei Pontius Pilates jedenfalls auch.) Roger lachte in einer Tour, besonders wenn Papa irgendetwas sagte (selbst wenn es uninteressant war!).

Und dann fingen sie wieder mit dem Französisch an. Roger forderte Papa auf, etwas auf Französisch zu sagen, worauf Papa in seiner albernen Näselsprache stotterte, dass das aus dem Effeff gar nicht so einfach wäre. Roger meinte, es käme nicht auf den Inhalt an, nahm sein iPhone und suchte ein französisches Gedicht heraus. Papa, der von dem vielen Rotwein an einer Persönlichkeitsstörung litt, begann zu deklamieren wie *der* Poet persönlich. Er stand sogar auf. Und jetzt stierte Roger ihn mit funkelnden Augen an. Ungefähr wie Waldo, wenn einem in seiner Nähe aus Versehen das Wort »Spaziergang« rausrutschte.

Irgendwas war da im Busche. Keine Frage.

Und dem musste schnellstmöglich ein Ende bereitet werden.

»Mir geht's gar nicht gut«, sagte ich und lehnte mich im Liegestuhl zurück.

»Zu viel Limo«, sagte Papa und rezitierte weiter.

Ich wiegte mich vor und zurück, verdrehte maximal die Augen

und murmelte leidend, dass mein Magen völlig in Aufruhr wäre. Indiane rückte ihren Stuhl von mir weg. »Steck mich bloß nicht an!«

»Leg dich ein bisschen hin«, sagte Papa.

Ich hätte schon ein wenig mehr Mitgefühl erwartet. Aber er hatte nur Augen für das Display und las Roger weiter vor, als ob nichts wäre. Indiane sah mich besorgt an und nahm ihr Handy heraus. Sie raffte nicht, dass ich nur spielte. Ich trank einen großen Schluck Cola und tat, als würde ich schlucken. Dann legte ich meine Hände vor den Bauch, beugte mich nach vorne und wartete auf den richtigen Augenblick. Als keiner guckte, stand ich auf, schwankte zum Gebüsch und »kotzte« die Cola aus. Endlich ging Papa der Ernst der Lage auf. Er kam angelaufen und streichelte mir über den Rücken. Roger, der alte Schleimer, kam auch und bot mir an, mich auf sein Sofa zu legen. »Nein, Wohnwagen!«, stöhnte ich und bestand darauf, dass Papa mitkam.

Ich lag kaum im Schlafsack, als Roger mit Tabletten und einem Thermometer ankam. Glücklicherweise kam ich drum herum, Fieber zu messen (»Hat das etwa schon in Indianes Po gesteckt?!«). Und die Tabletten blieben mir erspart, als ich behauptete, von Tabletten würde mir noch schlechter werden.

»Das wusste ich ja gar nicht?«, sagte Papa überrascht.

»Ich will ja nicht unhöflich sein«, sagte ich zu Roger. »Aber von deinem Parfüm wird mir schlecht.«

Roger Berg verließ den Wohnwagen. Und ich griff nach Papas Hand und hielt sie fest.

Ich achtete darauf, zwischendurch ordentlich zu stöhnen und zu ächzen. Sobald Papa Anstalten machte rauszugehen, um Roger wenigstens noch Gute Nacht zu sagen, krümmte ich mich wimmernd, presste die Hand auf den Mund und würgte, als käme die nächste Kotzattacke.

In dem Stil machte ich weiter, bis Papa sich seinen Schlafanzug anzog und die Zähne putzte. Er legte sich ins Bett und las noch ein bisschen, dann löschte er das Licht und drehte sich auf die Seite wie immer, wenn er einschlafen will. Und nach einer Weile hörte ich seine gewohnte Schlafatmung: lang gezogenes, gurgelndes Einatmen, dann lange nichts, Stille, bevor die Luft kräftig und schnell ausgestoßen wurde wie ein trauriger Seufzer.

Gefahr gebannt, dachte ich und atmete erleichtert auf.

Und schlief ein.

Waldo weckte mich, weil er im Schlaf fiepste. Ich richtete mich mit einem Ruck auf.

Papas Bett war leer. Und seine Puschen waren weg.

Ich weckte Waldo und hielt ihm ein Hemd von Papa aus dem Wäschesack unter die Schnauze.

»Such!«, sagte ich.

Das war ziemlich optimistisch. Er war kein trainierter Spürhund. Aber Waldo lief zielstrebig los – auf kürzestem Weg zu Ladys Hundehütte. Er schnüffelte wie wild herum und rieb sich an den Wänden. Gott sei Dank war es dunkel und keiner konnte ihn sehen. Ich band ihn dort fest, der Kerl hatte ja doch bloß eins im Kopf.

Und im Grunde genommen brauchte ich auch gar keinen Spürhund, weil ich genau wusste, wo Papa steckte.

Drüben beim Wohnhaus stand Rogers Schlafzimmerfenster auf Kipp. Die Gardinen waren zugezogen. Indianes Zimmer war auf der anderen Seite des Hauses im oberen Stockwerk. Dort konnte sie nichts hören.

Ich schlich unter das Fenster. Mein Herz hämmerte, meine Ohren glühten. Das Fenster war zu hoch, als dass ich hineinsehen konnte. Ich stellte mich dicht vor die Wand, reckte mich und richtete das eine Ohr Richtung Fensterspalt aus.

Von drinnen drang ein tiefes und dröhnendes Schnarchen nach draußen, das von Roger Berg kommen musste.

Ich hatte Stöhnen erwartet. Pornogeräusche. Wer schläft, sündigt nicht.

Ich wollte gerade gehen, als ich hinter Rogers Schnarchen noch ein anderes Geräusch hörte. Ich konzentrierte mich und filterte Rogers Schnarchen raus. Schweres, seufzendes Ausatmen. Gefolgt von einem leise gurgelnden Einatmen. Lange Stille – dann abrupt seufzend klagendes Ausatmen.

Papa.

4. JULI, 08:43

Protokoll Krisensitzung, Plumpsklo

Anwesende: Arvid und Indiane
Einziger Tagesordnungspunkt: Arvids Papa heilen wieder hetero machen

A. hat I. um 08:30 geweckt und zur Krisensitzung ins Hauptquartier bestellt. Nach kurzem Briefing über die nächtlichen Ereignisse haben sich die Anwesenden schnell geeinigt, sofortige Maßnahmen zu ergreifen.

PLAN A:

1. Arvids Papa mit Lisbeth ablenken
2. Roger Berg davon überzeugen, dass Arvids Papa (Jan Ivar) nicht schwul ist, nur ein bisschen gefühlsverwirrt nach der Trennung von Arvids Mama

PLAN B:

1. Arvids Mama dazu bringen, zu Papa zurückzukommen (wie??)
2. Indianes Zweitvater aus Berlin zurückholen (realistischer, hat keinen neuen Freund)

PLAN C: Heilung durch Beten?

P.S.: Indiane distanziert sich von Plan C. Homosexualität ist keine Krankheit, sondern ganz normal!!!

Arvid beteuert, dass er das nicht so gemeint hat, sorry. Aber es darf nichts unversucht bleiben, wenn alles andere nicht hilft!

Indiane: Nein zum Fundamentalismus, wir WERDEN es schaffen!

Ende der Sitzung 09:24.

4. JULI, 15:33

Wir kommen gerade von Lisbeth zurück. (Ich sitze im Wohnwagen und schreibe den Bericht. Indiane überwacht unsere Väter, die wieder sägen und hämmern.)

Gegen zehn Uhr haben wir uns auf den Weg zu Lisbeth gemacht. Die Verandatür stand sperrangelweit offen. Über der Rückenlehne eines Gartenstuhls hing ein T-Shirt, auf dem Sitzpolster waren Druckstellen. Auf dem Tisch lag eine Zeitung (aufgeschlagen) neben einem Glas Saft (rot). Vermutlich war sie auf dem Klo oder so. Indiane klopfte an die offene Tür und ging einfach rein. Ich wollte sie stoppen, aber sie ignorierte mich völlig. Also folgte ich ihr. Im Wohnzimmer roch es nach Zigaretten und die Möbel sahen ganz schön alt aus, genau wie die Tapete. An den Wänden hingen uralte Schwarz-Weiß-Fotos. Aber auch ein paar neuere. Unter anderem von einer viel jüngeren und schlankeren Lisbeth neben einem Mann mit Western-Krawatte und Bart und zwei Kindern. Das Foto war mindestens 20 Jahre alt, jedenfalls war es leicht vergilbt und die Kleider der Kinder sahen irgendwie secondhand aus. Die Kinder waren bestimmt längst erwachsen und der Mann tot oder über alle Berge.

Nach einem Rundgang durchs Haus kam Indiane zurück.

»Ich glaube, ich weiß, wo Lisbeth ist«, sagte sie und zog mich hinter sich her zum Fluss.

Der Anblick des Wassers weckte schlechte Erinnerungen in mir (Waldo auf Lady, ich in Indianes nackten Armen). Aber da entdeckte ich etwas im Wasser, das mich auf andere Gedanken brachte: Lisbeth, die mit hochgerecktem Kopf durchs Wasser schwamm, um ihre Wuschelmähne nicht nass zu machen. Ihre Schultern waren nackt, und je näher sie dem Ufer kam, an dem wir standen, konnte ich sehen, dass sie nichts badeanzug- oder bikinimäßiges am Leib hatte. Und als es flach wurde, ploppte plötzlich ihr weißes Hinterteil an die Oberfläche.

Ich gehe nackten Frauen, wenn irgend möglich, aus dem Weg. Darum machte ich auf dem Absatz kehrt und verschwand im Wald. Ich hielt es für das Beste, mich unsichtbar zu machen. Indiane ging näher ans Ufer und fing eine Unterhaltung mit Lisbeth an, als wäre es das Normalste von der Welt.

»Ist das Wasser kalt?«, fragte sie.

»Es prickelt ein bisschen an den Brustwarzen!«, antwortete Lisbeth. »Aber es ist herrlich! Kommt doch auch rein!«

Ich hatte mich hinter ein paar Birken versteckt. Glaubte ich.

»Du auch!«, rief Lisbeth zu mir rüber. »Genier dich nicht! Ich hab schon öfter nackte Jungs gesehen!«

Ich zog den Hals noch mehr ein, aber Lisbeths lautes Lachen machte mir klar, dass Verstecken sinnlos war. Indiane hatte ihre Sandalen ausgezogen und sich auf einen Felsen gesetzt, der ins Wasser hinaus reichte. Sie tauchte die Füße ins Wasser.

»Ich hab meine Tage«, sagte Indiane leise.

Was Lisbeth zu Jubelstürmen hinriss.

»Herzlichen Glückwunsch, du bist jetzt eine Frau, Indiane Berg!«, sagte sie und schwamm vor Indiane hin und her. Weiter splitterfasernackt. Und dabei unterhielt sie sich ganz normal mit Indiane.

»Schönes Wetter heute«, sagte Lisbeth.

»Ja, echt super.«

»Und dein Vater ist ordentlich am Hämmern, wie man hört?«

»Ja, ist er.«

»Ist er immer noch sauer auf Harald?«

»Keine Ahnung, er redet nie von ihm.«

»Geht es Harald gut in Berlin? Er fühlt sich bestimmt wohler in der Großstadt als hier auf dem Land, oder?«

»Scheint so. Im August besuch ich ihn in Berlin.«

»Erlaubt Roger das?«

»Ich mache, was ich will!«

»Das weiß ich, Indiane Berg!«

Ich achtete darauf, Lisbeth nicht direkt anzugucken, nur zwischendurch kurze Blicke Richtung Fluss zu werfen, falls Lisbeth in Seenot geriet oder so. Und bei einem dieser kurzen Blicke erhob sich Lisbeth plötzlich aus dem Wasser und stapfte an Land. Ich sah alles. Absolut alles. Obwohl ich mich wegdrehte, so schnell ich konnte, und sicherheitshalber noch die Augen zumachte. Aber der Anblick hatte sich eingebrannt.

»Sei doch nicht so genant!«, rief Lisbeth. »Kein Grund zur Panik!«

Ich warf ihr einen raschen Blick zu, um ihr zu zeigen, dass ich kein Problem damit hatte. Sie rubbelte sich gerade den Rücken ab und ihre ganze Frontpartie wackelte. Ich drehte mich um und nahm das Handy aus der Tasche.

»Hilfe!«, schrieb ich. »Splitterfasernackte Frau direkt vor meiner Nase!«, und schickte es an Frank.

Frank findet nackte Frauen klasse. Einmal hat er ein Bild aus dem Internet ausgedruckt und in einer Pipibox in der Schule aufgehängt. Das sprach sich schnell rum unter den Jungs und plötzlich mussten alle mal ganz dringend aufs Klo. Am nächsten Tag hingen dort zwei neue Bilder. Und nach wenigen Tagen waren alle Wände mit nackten Frauen tapeziert und in den Pausen bildeten sich Schlangen vor dem Jungsklo.

Frank rief sofort zurück.

»Mach ein Foto!«, sagte er. »Am besten ein Video!«

Seine Stimme klang rauer als sonst, als wäre der Stimmbruch in eine neue, tiefere Phase übergegangen. Oder als hätte er eine ganze Woche nicht geschlafen und die ganze Zeit gesungen und gegrölt.

»Nur zur Information«, sagte ich. »Sie ist mindestens vierzig.«

Frank zögerte kurz.

»Sieht sie geil aus?«

Jetzt war ich mit Zögern dran. Weil ich nicht ganz sicher bin, was »geil« exakt bedeutet. Ich als Norweger finde Dänemark geil. Okay, das versteh ich. Aber wenn Frank und ich, Softeis schlabbernd, vor einem Laden sitzen und ein paar Mädels vorbeischlendern, dann krieg ich grade mal mit, dass das Mädchen sind, während Frank jede Einzelne von Kopf bis Fuß abscannt und einteilt in geil und nicht geil. Dazu muss gesagt werden, dass er fast alle Mädchen geil findet, Hauptsache, sie haben schon Busen. Ich ziehe Dänemark vor.

»Ich weiß nicht«, antwortete ich wahrheitsgemäß.

»Schick mir ein Foto«, sagte Frank. »Dann überprüf ich das.«

Frank hat ein Projekt gestartet: Er will mir beibringen zu erkennen, wer geil aussieht und wer nicht. Er hat kurz vor den Sommerferien damit angefangen. Er hat mich in einer Pause mit aufs Jungsklo genommen und mir zu erklären versucht, was genau das Geile an den Frauen ist. Er meinte, ich müsse einfach ganz tief in mich hineinhorchen, dann würde ich es schon spüren, so eine spezielle Wärme, die in einem aufsteigt. Aber das Einzige, was in mir aufstieg, war ein flaues Gefühl. Das den Rücken hochkroch und bis in die Wangen ausströmte.

Sinn für Ästhetik nennt Frank das. In der Mittelstufe eine äußerst wichtige Fertigkeit, behauptet er. In dem Punkt tendiere ich eher dazu, Indiane recht zu geben, dass Judo mehr bringt.

»Wann kommst du?«, fragte ich, um das Thema zu wechseln.

»Mal sehen ... Ein paar Tage, nachdem ich wieder zu Hause bin.«

Und dann flüsterte er, oder zumindest probierte er zu flüstern, aber das scheint mit seiner neuen Stimme nicht mehr zu funktionieren: »Hier gibt's unendlich viele geile Mädchen. Und die laufen alle in Bikinis rum, die ganze Zeit!«

Davon gab's nach meinem Geschmack mehr als genug beim Schulschwimmen.

»Ich muss los!«, sagte ich und beendete das Gespräch.

Diesen Bericht darf Indiane nicht zu lesen kriegen. Ich vergesse immer wieder, dass das ein Gemeinschaftsprojekt ist, und schreibe total private und persönliche Dinge, die sie gar nichts angehen.

Außerdem trau ich ihr nicht ganz. Als ich das Gespräch mit Frank beendet hatte, hörte ich Indiane mit Lisbeth über Papa reden.

»Er ist frisch geschieden«, hörte ich sie sagen. »Und er ist ein bisschen einsam.«

»Das kommt mir bekannt vor«, sagte Lisbeth, die glücklicherweise zur Vernunft gekommen war und sich ein Kleid übergezogen hatte.

»Er könnte etwas Gesellschaft gebrauchen«, sagte Indiane.

»Ich kenne da jemanden, der auch Gesellschaft gebrauchen könnte«, sagte Lisbeth. (Sie meinte Indianes Vater. Nur so zur Information. Ich hab das nämlich erst nicht verstanden.)

»Im Moment zimmern und handwerken Papa und Arvids Papa gerade zusammen«, sagte Indiane.

»Aha?«, sagte Lisbeth grinsend. »Ist er ...?«

»Nein!«, rief ich. »Nicht die Bohne!«

»Er ist zum Einschlafen straight«, sagte Indiane.

Ich kam aus meinem Versteck zwischen den Bäumen hervorgeschossen, um das Gespräch zu beenden. Aber Lisbeth saß dicht neben Indiane auf dem Felsen, wo damit kein Platz mehr für weitere Personen war. Um ihre Aufmerksamkeit auf mich zu lenken, suchte ich einen dicken Stein, den ich ins Wasser werfen konnte. Indiane und Lisbeth wurden ordentlich nass gespritzt. Lisbeth schüttelte sich.

»Ich hab schon die ganze Zeit Lust, Steine ins Wasser zu werfen«, sagte ich und suchte mir einen neuen, noch größeren Stein. »Und dass ihr's wisst: Papa hatte jede Menge Freundinnen nach Mama, er ist nicht die Bohne einsam. Das war auch der Grund, dass sie ihn verlassen hat. Es vergeht kein Wochenende, an dem er nicht in der Stadt ist und geile Frauen aufreißt.«

Hab ich gesagt. Oder so in der Art. Das war nicht geplant. Und ziemlich übertrieben. Aber dass Papa verschroben ist, heißt noch lange nicht, dass andere darüber Kommentare abgeben dürfen. Und ganz bestimmt nicht Indiane.

Lisbeth sah etwas perplex aus und als ob sie lachen wollte. Aber als sie meinen strengen Blick bemerkte, beeilte sie sich, das Lächeln aus dem Gesicht zu wischen und drehte sich weg.

Indiane räusperte sich und sagte laut: »Aber im Moment hat er keine Freundin und langweilt sich ziemlich in seinem Wohnwagen. Er würde gerne neue Leute kennenlernen. Stimmt's, Arvid?«

»Die Hoffnung stirbt zuletzt«, sagte ich.

Normalerweise bin ich nicht schlagfertig. Aber die Tage mit Indiane hatten offenbar einen gewissen Effekt.

»Sag mal, Indiane«, sagte Lisbeth. »Was führt ihr eigentlich im Schilde?«

»Nichts.« Indiane lachte nervös. »Wir wollen nur jemanden aufmuntern, dem es grad nicht so gut geht ...«

»Du sprichst ja von ihm, als wäre er geistig behindert!«, unterbrach ich sie.

Lisbeth stand auf und schlüpfte in ihre Sandalen.

»Wenn irgendjemand mit mir reden will, egal, welcher Vater, dann wisst ihr ja, wo ich wohne.«

Und damit schlenderte sie, leise eine Melodie vor sich hin pfeifend, den Pfad zum Haus hoch.

Indiane und ich hatten einen kleinen Streit nach dieser Aktion. Sie war der Meinung, ich hätte das Reden ganz ihr überlassen sollen, was natürlich völliger Schwachsinn ist. Wer ein gebrauchtes Fahrrad verkaufen will, darf nicht verraten, wie schlecht die Reifen sind oder dass es beim Bergabfahren eiert. Und man darf auf keinen Fall sagen, dass es seit dem letzten Sommer draußen gestanden hat und vor sich hinrostet.

Ganz besonders dann nicht, wenn das Rad einen Platten und keine Kette hat.

Oh, da kam mir eine Idee! Komplett genial!

4. JULI, 21:05

Yipphie! Es hat gewirkt!

Ich bin so genial, alles wird sich lösen, ich hab's geschafft! YES!

Die Idee kam mir, als ich das mit dem gebrauchten Fahrrad geschrieben habe: Papa IST ein rostiges Fahrrad mit plattem Reifen.

Ich musste Roger Berg nur die Augen dafür öffnen ...

Indiane war spurlos verschwunden, als ich vom Plumpsklo kam, aber das machte nichts. Wenn es ums Schlechtmachen von Papa ging, war ich der größte Experte. Ich habe mein ganzes Leben mit ihm zusammengelebt und kenne alle seine Schwächen und peinlichen und nervigen Seiten. (Und wie gesagt, ich kann's nicht leiden, wenn andere negativ über ihn reden. Wenn überhaupt, dann ist das mein Job!) Als Roger und er das nächste Mal eine Baupause einlegten und Roger ein Bier für sie beide holte, schlug ich zu. Wie zufällig setzte ich mich auf einen freien Campingstuhl zu ihm. In dem Vorbau fehlten nur noch die Fenster, das war eine halbe Hütte mit kleiner Veranda davor. Und sie hatten die Campingstühle so hingestellt, dass sie ihr Werk bewundern konnten.

»Papa, solltest du nicht vorsichtig mit dem Bier sein?«, fragte ich.

»Nein, alles in Ordnung«, sagte er.

»Aber du kriegst von Bier doch immer Blähungen und musst den ganzen Tag rülpsen und pupsen.«

Papa nahm einen demonstrativ großen Schluck.

»Alles gut«, sagte er.

»Hauptsache, du wirst nicht besoffen«, sagte ich. Ich drehte mich zu Roger und erklärte ihm, dass Papa keinen Alkohol gewohnt war und deswegen unglaublich schnell betrunken und peinlich wurde.

»Ist mir noch gar nicht aufgefallen«, sagte Roger und lachte.

Papa wurde langsam nervös, lachte aber auch. Dabei klang er ein bisschen wie eine Elster, die was in den falschen Hals gekriegt hatte. Bier, zum Beispiel.

Ich gab die Geschichte von Tonjes Konfirmation zum Besten. Papa wurde rot wie eine gekochte Krabbe. Mit gutem Grund.

Also, vor der Konfirmation hatte Mama zu Papa gesagt, er müsse nicht mitkommen, wenn er keine Lust hätte. Tonje ist meine Cousine mütterlicherseits. Und Mama wollte zusammen mit Pontius Pilates gehen. Papa meinte, das wäre kein Problem. »No problem!«, sagte er. Papa spricht eigentlich nie Englisch, nur wenn er cool sein will. Oder wenn er so zu tun versucht, als wäre ein großes Problem eigentlich gar kein Problem.

Papa hat zu Onkel Steinar und der übrigen Sippschaft von Mamas Seite ein ziemlich angespanntes Verhältnis und redet kaum mit ihnen. Dafür erzählt Onkel Steinar umso mehr, am liebsten Witze über Frauen am Steuer und Lappländer. Und dann meckert er Oma wegen allem Möglichen an, aber das ist nur Spaß, wie er sagt. Papa kann jedenfalls mit dieser Art von Humor nichts anfangen. Er macht ihn nervös und ist ihm schrecklich unangenehm.

Ungefähr wie in diesem Moment, als ich Roger von Papas Ausrutscher bei Tonjes Konfirmation erzählte, bei der die Gäste sich selbst an der Bar bedienen konnten und ein DJ für die Unterhaltung sorgte. Also, das schon mal vorweg: Bei meiner Konfirmation wird es WEDER Getränke-Selbstbedienung NOCH einen DJ geben.

Papa hat, was er sonst nie macht, Rotwein getrunken. Damit Steinar nicht beleidigt ist, wie er sagte. Das hätte er besser nicht tun sollen. Der Wein machte ihn fürchterlich albern und mitteilungsbedürftig und er schenkte sich dauernd was nach. Und trank. Er, der normalerweise dasitzt und hofft, dass niemand ihn bemerkt, kaute jedem in seiner Nähe das Ohr ab. Irgendwann fing er an, Pontius Pilates nachzuäffen. Das war der Moment, als ich zum DJ ging und ihn bat, mit der Lautstärke hochzugehen, um Papas Gefasel zu übertönen. Leider kapierte Papa den Wink mit dem Zaunpfahl nicht und begab sich auf die Tanzfläche, wo er anfing, peinlich roboterartig zu tanzen, wie es Mitte der Achtziger in war. Ich versuchte Mama dazu zu bringen, irgendwas zu unternehmen, aber sie weigerte sich. »Er ist erwachsen und kann auf sich selber aufpassen«, sagte sie, obwohl es ja wohl mehr als offensichtlich war, dass er genau das nicht konnte. Also distanzierte ich mich so weit wie möglich und ging raus auf den Parkplatz, um mir das nicht ansehen zu müssen.

Irgendwann kam Tonje raus und erzählte mir grinsend, was drinnen abging. Zuerst hatte Papa weiter zu Discofox, Walzer und Swing seinen Robotertanz durchgezogen. Als Pontius an ihm vorbei Richtung Toiletten ging, zog er ihn auf die Tanzfläche. Wie sich zeigte, war Pontius DER absolute Tanzking. Er drehte und verbog sich wie der reinste Michael Jackson. Papa wurde immer kleinlauter und am Ende stand er nur noch da und starrte Pontius an, der nach allen Regeln der Kunst übers Parkett wirbelte. Plötzlich drehte Papa sich um und lief los. Direkt in einen Lautsprecher, der bedrohlich wackelte und um ein Haar über Kopp gegangen wäre, wenn Pontius nicht zur Stelle gewesen wäre und Papa geholfen hätte, ihn wieder aufzurichten.

Papa versuchte, mich ungefähr an der Stelle zu unterbrechen, wo er Pontius auf die Tanzfläche zieht, und begann laut und nachdrücklich von ihrem Vorbau zu erzählen. »Ich plädiere für einen weißen Anstrich. Was meinst du, Roger?«

Roger ging nicht darauf ein. Er wollte, dass Papa ihm den Robotertanz vormachte, aber das wollte Papa nicht. Gut, dass ich wusste, wie das ging und es vormachen konnte. Papa behauptete zwar, ich würde es völlig falsch machen, wollte aber auch nicht zeigen, wie es richtig war. Nicht einmal mit der Aussicht auf mehr Bier, womit Roger ihn zu überreden versuchte.

»Wir müssen weitermachen!«, sagte Papa und schnappte sich den Hammer.

Sie sägten und zimmerten und ich gab noch mehr denkwürdige Geschichten aus Papas Leben zum Besten.

Zum Beispiel von unserem Besuch in Legoland, als Papa sich weigerte, die Achterbahn zu besteigen, weil er prinzipiell gegen Vergnügungsparks war, wie er sagte. (Mama und mir war natürlich klar, dass er sich nicht traute.)

»Ich BIN wirklich gegen Vergnügungsparks!«, sagte Papa.

Oder in einem unserer Urlaube in Spanien, als wir Pferdekutsche gefahren sind und Papa begeistert war, wie authentisch spanisch doch alles wäre. Besonders die Kutscherin, eine schwarzhaarige Frau mit schickem Hut und Reitstiefeln und Rüschenbluse, die mit knallender Peitsche das Pferd antrieb. Als Papa auf Spanisch fragte, was die Fahrt kostete, antwortete sie auf Schwedisch, dass sie Stina hieße und aus Göteborg kam.

Papa wurde immer grummeliger und hämmerte immer energischer drauflos, ab und zu ging ein Schlag daneben und dann knurrte er, wenn auch ganz leise. Und plötzlich fiel ihm ein, dass Waldo Bewegung brauchte, auf der Stelle!

Jetzt macht er also einen Spaziergang mit Waldo. Und Roger Berg ist zu sich gegangen und denkt sich seinen Teil.

Was Punkt 2 in Plan A angeht, bin ich schon ein gutes Stück vorangekommen:

Roger Berg davon überzeugen, dass Arvids Papa (Jan Ivar) nicht schwul ist, nur ein bisschen gefühlsverwirrt nach der Trennung von Arvids Mama.

Dabei könnte man viel eher sagen, dass er hier draußen ganz schön gefühlsverwirrt geworden ist.

Bei der nächsten sich bietenden Gelegenheit muss ich noch mehr Sachen erzählen, damit Roger Berg wirklich rafft, dass Papa nicht schwul ist. Über ihn und Mama vielleicht? All das Schöne, was sie zusammen erlebt haben. Also, vor der Trennung.

Ärgerlicherweise gehören sie beide nicht zu den Typen, die ständig Händchen halten und sich küssen. Kinodates und romantische Restaurantbesuche waren auch nie ihr Ding. Und seit ich alleine ins Kino gehen kann, sind sie eigentlich nie mehr aus dem Haus gegangen, um einen Film zu sehen. Es kam vor, dass sie zusammen mit Waldo rausgegangen sind oder zusammen Fernsehen geschaut haben. Aber sonderlich romantisch waren sie nie. Ich kann mich nicht erinnern, wann sie sich das letzte Mal geküsst haben. Wenn ich es mir genau überlege, ist es nicht weiter verwunderlich, dass sie sich getrennt haben!

Apropos: Ich muss Mama anrufen ...

Ich hab's getan. Auch wenn ich das nicht zur Gewohnheit werden lassen will. Die Entscheidung, Papa und mich zu verlassen, kam von ihr, also muss sie auch selbst die Konsequenzen tragen. Aber Plan B läuft nun mal darauf hinaus, sie dazu zu bringen, wieder zu Papa zurückzukommen, und da muss ich ja wohl mit ihr reden. Ich habe ihn über den grünen Klee gelobt, damit sie es ordentlich bereut, dass sie uns verlassen hat. (Die letzten Male, die sie sich begegnet sind, hat er nicht unbedingt positive Werbung für sich gemacht.)

Ich erzählte ihr, dass er angefangen hätte zu trainieren.

»Willst du mich auf den Arm nehmen?«, sagte sie.

»Fahrrad«, sagte ich. »Er hat sich ein Kondomtrikot gekauft, ähm ... Radlertrikot. Das steht ihm total ... gut. Figurbetont.«

»Das ist doch wunderbar.«

Sie klang sehr positiv. Oder erleichtert?

»Absolut. Du solltest ihn sehen. Man glaubt es nicht, aber er sieht echt ... schick aus.«

Ich glaube, »schick« habe ich nicht ganz mit der nötigen Begeisterung gesagt. Das Wort lag irgendwie quer im Mund. Und heraus kam ein Laut, wie wenn man was zu sagen versucht und gleichzeitig was Ekeliges riecht.

»Sieh an«, sagte Mama, jetzt schon nicht mehr mit ganz so positivem Unterton. Der aber schnell wieder da war. »Übrigens, mein Freund, wann gehen wir zusammen Möbel für dein neues Zimmer kaufen?«

In dem Moment stellte ich plötzlich fest, dass ich »ganz schlechten Empfang« hatte, und ich rubbelte das Handy über meinen Pullover, damit es wirklich so klang.

Ich höre Schritte. Das ist bestimmt Papa. Ich muss das Buch verstecken.

4. JULI. 22:05

Das war nicht Papa, sondern Indiane, wie sich zeigte. Sie war bei Lisbeth.

Das nehme ich ihr ein bisschen übel. Weil ich jetzt nicht weiß, was sie über Papa erzählt hat.

Indiane behauptet, sie hätten nicht über ihn gesprochen.

»Ich habe Lisbeth dazu gebracht, ein Fest zu organisieren«, sagte sie.

»Ein Fest?«, fragte ich skeptisch.

»Das ist die Gelegenheit für deinen Vater, sie ganz natürlich kennenzulernen.«

Ich kann nicht behaupten, dass ich die Aussicht, mit Papa zusammen auf ein Fest zu gehen, besonders toll finde. Schon gar nicht nach dem Aufwärmen der Konfirmationsgeschichte.

»Alkoholfrei, hoffe ich«, sagte ich.

Das könnte ich vergessen, meinte Indiane. »Lisbeth säuft wie ein Pferd, wenn gefeiert wird. Wo sie ist, ist Rambazamba, das kannst du aber wohl glauben.«

»Hilfe!«, sagte ich.

»Dein Vater tut mir jetzt schon ganz schön leid, wenn Lisbeth sich auf ihn stürzt. Sie hat seit über einem Jahr keinen Mann mehr gehabt.«

»Hilfe!«, wiederholte ich.

Indiane und Lisbeth haben sozusagen ein Dorffest geplant. Der Vorschlag kam von Indiane: ein Nachbarschaftsfest, damit alle sich besser kennenlernen können. Da konnte man Dieter und Grete natürlich nicht aussparen. Immerhin liegt ihr Haus zwischen dem von Lisbeth und Indiane & Co. Ich hoffe ja nur, die zwei sind nicht so griesgrämig, wie Roger Berg behauptet.

Indiane blieb in der Tür stehen, ehe sie ging.

»Lust auf eine Zelttour irgendwann?«, fragte sie.

»Warum?«, fragte ich.

Sie zuckte mit den Schultern.

»Nur so, um es mal gemacht zu haben. Könnte interessant sein.«

Ich hatte grundsätzlich nichts gegen Zelten. Aber mit Indiane?

Da sind schon wieder Schritte zu hören. Und Waldos Hecheln. Ich muss noch eben schnell fertig schreiben.

»Und außerdem haben wir dann mal Ruhe vor unseren Papas«, sagte Indiane und verdrehte die Augen über unsere völlig hoffnungslosen Väter.

Ich wollte nicht unhöflich sein und sagte, dass ich darüber nachdenken würde.

(Etwas später, jetzt ist Papa gerade auf dem Klo.) Roger hat entdeckt, dass das Gästebuch weg ist. Er hat Dieter in Verdacht. Dieter ist nämlich bekennender Gegner des Disco-Plumpsklos, das in seinen Augen eine Schande für den ganzen Ort ist. In dem Punkt bin ich ganz seiner Meinung. Indiane findet, dass ich ein neues Gästebuch kaufen muss, um es als Ersatz aufs Klo zu legen.

5. JULI. 10:33

Gestern Abend kam, was ich mein ganzes Leben befürchtet habe. Papa meinte, dass er was mit mir bereden müsste.

»Nicht nötig!«, sagte ich. »Ich weiß, wie das mit den Blumen und Bienen funktioniert. Du kannst ganz entspannt sein, so was mach ich nicht, keine Gefahr! Ganz davon abgesehen weiß ich mehr, als mir lieb ist!«

»Ja«, sagte er. »Ihr jungen Leute von heute wisst vermutlich das meiste. Übers Internet und so.«

»Nein, auf solche Seiten geh ich nicht!«, sagte ich.

»Was für Seiten meinst du?«

»Ähm ...«, sagte ich. »Pornoseiten ...?«

Allein von dem *Wort* wurde mir ganz heiß und flau.

»Ich dachte eigentlich mehr an Aufklärungsseiten«, sagte Papa. Und dann nannte er irgendeinen Namen, *Loveline* oder so ähnlich.

»Hab ich noch nie was von gehört. Ich mache nur Computerspiele. Und Hausaufgaben. Oder guck mir komische Videos auf YouTube an.«

»Du musst es mir nicht erzählen, wenn du solche anderen Seiten besuchst, also ...«

»Mach ich nicht!«

»Aber lass bitte die Finger von allem, was Geld kostet und nicht jugendfrei ist. Zum Beispiel ...«

»War's das?«, unterbrach ich ihn und griff demonstrativ gähnend nach meiner Zahnbürste.

»Nein«, sagte Papa. »Eigentlich nicht.«

Ich verkrampfte innerlich. Jetzt kommt es, dachte ich. ›Ich bin schwul. Roger Berg und ich wollen heiraten. Indiane wird deine Schwester.‹

Ganz so krass kam's dann zum Glück nicht. Papa fing lang und umständlich an zu erklären, dass ich ja sicher mitbekommen hätte, dass er nach der Sache mit Mama ein bisschen niedergeschlagen gewesen sei. (DEPRIMIERT würde ich das nennen.) Weil das Leben, wie er es bis dahin kannte, komplett auf den Kopf gestellt worden war. (Na, meins aber auch!) Aber für jede Tür, die sich schließe, öffne sich, wenn es gut laufe, eine andere. (Zumindest bei Durchzug, konnte ich mir nicht verkneifen.) Und wie ich ja wüsste, hätte er nicht so viele Freunde. (Ups, jetzt kommt es!, dachte ich.)

»Bis dahin waren Mama, du und ich irgendwie immer eine Einheit. Aber jetzt ist es an der Zeit, den Horizont zu erweitern und neue Türen zu öffnen, zu schauen, was einen dahinter erwartet. Und du weißt ja, wie das ist, wenn du mit deinen Freunden zusammen bist. Frank zum Beispiel.«

»Er ist nicht schwul!«, platzte es aus mir heraus.

»Was hat das mit der Sache zu tun?«, sagte Papa. Sein Gesicht nahm einen mittelrosa Farbton an.

»Äh ... nichts«, sagte ich.

»Oder wenn du was mit Indiane unternimmst ...«

»Wir sind nicht verknallt oder so!«

»Was ich damit sagen will, Arvid: Wenn du was mit deinen Freunden unternimmst, möchtest du zwischendurch auch mal einfach in Ruhe gelassen werden. Du kannst es gar nicht leiden, wenn ich an dir dranklebe, wenn du mit deinen Freunden zusammen bist. Und genauso will ich ab und zu auch mit meinen Freunden alleine sein. Zum Beispiel, wenn Roger und ich was zusammen unternehmen.«

Jetzt wurde ich rot, als ich mir vorstellte, was Roger und er wohl *zusammen unternahmen*. Knutschen, zum Beispiel. Und ich fragte mich, was er mir eigentlich gerade auf ziemlich umständliche Art zu sagen versuchte: *Ich bin schwul. Lass mich in Ruhe*.

Ich wollte dazu nichts sagen, aber Papa ließ nicht locker.

»Denkst du, du kannst das respektieren?«

Ich schluckte.

»Denkst du das?«, hakte er nach.

»Ich werde darüber nachdenken«, antwortete ich.

5. JULI. 15:37

Heute hat Papa gar nichts mit Roger unternommen. Es schüttet wie aus Eimern und der Himmel sieht aus wie ein Aquarell, über dem jemand ein Glas Wasser ausgeschüttet hat.

Außer einem höchst widerwilligen Schüttregenspaziergang mit Waldo war Papa den ganzen Tag im Wohnwagen. Ich auch. Wobei seine Laune immer tiefer in den Keller geht. Er liest gerade ein dickes Buch, auf dem »Internationaler Bestseller« steht und schnauft und zieht gereizt die Nase hoch und hat es schon mehrfach zur Seite gelegt. Aber genauso oft hat er es sich wieder vorgenommen und mit einem Seufzer wieder aufgeschlagen.

Ich verstehe nicht, wieso er ein Buch liest, das ihm nicht gefällt. Es gibt doch tausend andere Bücher auf der Welt, allein zwanzig davon liegen in seiner Bücherkiste.

Völlig unvermittelt zieht Papa seine Hose aus und das Kondomtrikot an. »Ich mach eine Radtour!«, sagt er so locker und nebenbei, als wäre es das Normalste auf der Welt.

Waldo hat nur die Worthälfte »Tour« mitbekommen und nervt und wedelt und jault seitdem. Und sieht mich total vorwurfsvoll an.

Mir wird wohl nichts anderes übrig bleiben, als mit ihm rauszugehen.

5. JULI, 18:35

Indiane ist irgendwie ... Ich weiß gar nicht, wie ich es beschreiben soll.

Nach dem Spaziergang habe ich bei Indiane geklingelt. Roger öffnete mit dem gewohnt sportlich-forschen Lächeln auf den Lippen. Aber etwas in seinem Blick erlosch, als er mich sah.

»Sie ist oben in ihrem Zimmer«, sagte er und ging wieder rein.

Indiane saß hinter zugezogenen Gardinen im abgedunkelten Raum und spielte. Die Luft war abgestanden und roch extrem nach Indiane. Irgendwie hab ich wohl unbewusst die Nase gerümpft, auf alle Fälle hatte Indiane es plötzlich sehr eilig, das Fenster zu öffnen. Und auf dem Weg eine Star-Wars-Decke über das Bett zu werfen. »Setz dich!«, sagte sie in ihrem Kommandoton.

Ich setzte mich. Indiane drehte den Bürostuhl zu mir, legte irgendwelche krachige Discomusik auf, die ich noch nie gehört hatte. Ich tat so, als würde sie mir auch gefallen. Zuerst redeten wir über ganz alltägliche Dinge. Dass unsere Papas heute noch gar nichts zusammen unternommen hatten, zum Beispiel, und wir ein bisschen entspannen konnten. Dann über Lisbeths Fest, das als Gartenfest geplant war. Glücklicherweise war es erst morgen, bis dahin hatte es sich hoffentlich ausgeregnet. Indiane hatte ihrem Berliner Vater gemailt, ob er sie nicht mal wieder besuchen wollte, aber bis jetzt hatte sie noch keine Antwort.

Und dann, völlig überraschend und unvermittelt, als ich nichts Böses ahnte, fragte Indiane:

»Haben in deiner Klasse eigentlich schon viele Jungen Haarwuchs?«

»Hä?«

»Unter den Armen und da unten.«

»Äh ... ein paar.«

»Und du?«

»Kein Kommentar.«

»Okay. Mach dir nichts draus, das kommt schon noch.«

Oh Gott, war das peinlich.

»Willst du gar nicht wissen, ob ich schon Haarwuchs habe?«, hakte sie nach.

»Nein!«

Indiane streckte einen Arm so nach hinten, dass ihre Achsel zu sehen war. Sie war glatt. Puh. Je weniger weit sie entwickelt war, desto weniger würde sie auf dem Thema rumreiten. Dachte ich.

»Ich hab mich heute Morgen rasiert«, sagte sie.

»Quatsch!«, sagte ich.

»Das ist ganz natürlich, alle Mädchen tun das. Aber da unten rasier ich mich auf keinen Fall!«

Ich sprang hektisch auf und schlug vor, ob wir nicht irgendwas anderes machen wollten.

»Meinetwegen«, sagte Indiane.

Ich zeigte ihr ein paar richtig witzige Monty Python- und Little Britain-Sketche auf YouTube. Am Anfang dachte ich, Indiane hätte keinen Humor, weil sie gar nicht lachte. Ihre Mundwinkel waren nach unten gezogen und sie starrte skeptisch auf den Bildschirm. Bis ich ihr den Clip mit dem Schwarzen Ritter zeigte, der im Kampf mit König Artus erst die Arme und dann beide Beine abgeschlagen bekommt, bis nur noch sein Rumpf übrig ist, und der immer wieder ruft: »Ist doch bloß ein Kratzer! Ist das alles?«

Da fing Indiane an zu kichern. Komplett humorlos ist sie also nicht.

Im Gegenzug zeigte sie mir ein schräges Video mit Lady Gaga, in dem sie und ein paar andere Frauen aus irgendwelchen Skiboxen steigen, in hauteng anliegenden weißen Ganzkörpergummianzügen, die auch die Augen bedecken. Sie tanzen einen seltsamen Monstertanz und kratzen mit ihren langen Fingernägeln durch die Luft. Plötzlich haben sie andere Klamotten an und tanzen in einem Raum mit einem Haufen Männer, die ihnen zugucken und Wasser mit Eiswürfeln trinken. Die anderen Frauen reißen Lady Gaga die Kleider vom Leib, die in Unterwäsche weitertanzt, was ihr sichtlich unangenehm zu sein scheint.

»Die Frau ist verrückt!«, sagte ich.

»Ja!«, stimmte Indiane mir zu.

Schön, dass wir ausnahmsweise mal einer Meinung waren.

Ich wollte ihr ein echt lustiges Video zeigen, aber ich kam nicht drauf, wie der Clip hieß oder der Gruselfilm, der dort auf die Schippe genommen wurde, nur dass er schwarz-weiß war und da eine Frau unter der Dusche umgebracht wird.

Bevor ich wieder in den Wohnwagen zurückging, wollte ich noch schnell bei ihnen aufs Klo gehen, aber das Bad war besetzt, es duschte jemand. Als ich das Wasser plätschern hörte, fiel mir plötzlich der Name des Filmes wieder ein: *Psycho*. Ich wollte zurück in Indianes Zimmer gehen, aber die Tür war abgeschlossen.

»Moment!«, rief sie.

Ich wartete.

Sie hatte rote Wangen, als sie aufmachte. Ich ging direkt zu ihrem Computer und sie versuchte, mich aufzuhalten, aber da hatte ich schon Explorer angeklickt. Auf dem Bildschirm öffnete sich ein Video, das ich für Lady Gaga hielt, ohne Ton. Aber dann sah ich einen Mann, einen nackten Mann, und da war auch eine Frau, ebenfalls nackt ...

Ich will nicht ins Detail gehen. Den Rest musst du dir selber denken. Indiane schubste mich beiseite und schaltete den Bildschirm aus.

»Igitt!«, sagte ich.

»Das ist ganz natürlich!«, sagte sie. »Das machen alle. Ist doch praktisch zu wissen, wie das geht.«

»Aber«, sagte ich, »du bist doch ein Mädchen.«

»Ja und?«

»Ich dachte nicht, dass Mädchen so was ...«

»Hallo, Arvidsjaur!«, sagte Indiane. »In welchem Jahrhundert lebst du denn?«

Ich war ganz schön geplättet. Saß einfach nur da und starrte auf den schwarzen Bildschirm.

»Was willst du eigentlich?«, fragte Indiane. »Warum bist du in mein Zimmer und direkt an den Computer gestürmt?«

»Psycho«, murmelte ich.

»Selber! Das ist ganz normal«, fauchte Indiane.

Das muss an der Pubertät liegen. Indiane war da schon ein Stück weiter als ich, so viel stand fest. Dass Jungs ab Einsetzen der Pubertät völlig sexfixiert sind, ist allgemein bekannt. Siehe Frank, der seit dem Wachsen des ersten Achselhaares so ist. Er hat zum Beispiel lauter Fotos von nackten Frauen auf seinem Laptop gespeichert. Und neulich hat er, der nie freiwillig ein Buch las, in der Bibliothek einen dicken Schmöker ausgeliehen: den Atlas der menschlichen Anatomie. Da kann man sich Skelette und innere Organe, Nerven- und Adernetze angucken. Frank wollte wissen, wie Frauenbrüste von innen aussehen und das da unten. Die meisten Menschen, die ich kenne, mich eingeschlossen, finden solche Bilder eher unappetitlich. Frank findet so was interessant. So ist das, wenn Jungs in die Pubertät kommen. Ich kann nicht behaupten, dass ich mich darauf freue.

Aber Mädchen? Ich dachte, Mädchen wären ... nicht so.

Da sitz ich jetzt mit rotem Kopf und heißen Ohren auf dem Plumpsklo und schreibe in das Buch. (Roger hat übrigens ein neues Gästebuch besorgt und mit einer Kette an der Wand befestigt.) Das ist alles ganz schön peinlich. Papa schleicht sich nachts aus dem Wohnwagen und ich finde ihn schnarchend in Roger Bergs Schlafzimmer. Lisbeth schwimmt nackt in der Gegend rum. Waldo will sich noch öfter als normal paaren und Indiane guckt am helllichten Vormittag Pornos. Bin ich der einzig Normale weit und breit?

Apropos, wo steckt eigentlich Waldo? Ich hatte ganz andere Sorgen, als ich aus dem Haus gestürmt bin. Papas Rennrad lehnte am Wohnwagen (wahrscheinlich war er das unter der Dusche), aber auf Waldo hatte ich überhaupt nicht geachtet, obwohl ich direkt an der Hundehütte vorbeigegangen bin. Oh je, dann ist er wohl ausgerissen!

5. JULI. 22:14

Ich fand Waldo auf der Veranda von Dieter und Grete. Er hechelte und kläffte und sprang an der Terrassentür hoch. Als ich ihn am Halsband wegzog, sah ich den Grund: Hinter der Scheibe saß ein weißer Pudel, den Kopf zur Seite geneigt, als ob er dachte *Was für ein komischer Kerl.* Worin ich ihm nur zustimmen konnte.

Dieter und Grete schienen nicht zu Hause zu sein, das Haus war jedenfalls dunkel und still. Dann hatten sie wenigstens nicht mitbekommen, was Waldo hier trieb.

So war er früher nicht, echt. Er war ein fröhlicher, verspielter Hund, der gern Stöckchen apportierte oder hinter Fußbällen herrannte. Beim Rennen hing ihm die Zunge auf charmante Weise aus dem Maul, nicht hechelnd und sabbernd. Nachts schlief er am Fußende meines Bettes und wärmte meine Füße, wir waren immer zusammen. Wenn mich irgendwas bedrückte, konnte ich mit Waldo reden. Dann sah er mich mit weisem Großvaterblick an, und selbst wenn er meine Worte vielleicht nicht buchstäblich begriff, fühlte ich mich von ihm verstanden, von Herzen sozusagen. (Okay, das hört sich jetzt ein bisschen pathetisch an, aber alle, die einen Hund haben, wissen, was ich meine.)

Das war früher. Vor der Hundepubertät. Jetzt strahlt keine großväterliche Weisheit mehr aus seinen Augen, sondern reiner Trieb.

Ist es da ein Wunder, dass ich mich kaum noch traue, mit ihm unter Leute zu gehen?

Ich bin nur für eine Stippvisite auf dem Plumpsklo, muss mich beeilen, wieder in den Wohnwagen zu kommen. Papa und ich haben *The Wire*-Marathon. (Ich muss ihn irgendwie im Wagen festhalten, damit er nicht auf die Idee kommt, Roger zu besuchen.)

Apropos: Ich glaube, es hat geholfen, dass ich Roger die Wahrheit über Papa gesagt habe. Außer dass Papa heute bei ihm geduscht hat, haben sie den ganzen Tag noch nichts zusammen unternommen!

6. JULI. 13:37

Frank ist aus dem Urlaub zurück!

Ich hab gerade mit ihm telefoniert. Er ist total müde, weil der Flug mitten in der Nacht ging. Im ersten Moment hat er gar nicht gerafft, wer ich bin. (Oder hat er meine Stimme nicht erkannt? Bin ich vielleicht auch im Stimmbruch? Muss sie nachher mal mit dem Handy aufnehmen und das überprüfen.)

Er kommt in ein paar Tagen. Will nur erst in Ruhe auspacken und aufräumen und sich an das raue Klima gewöhnen.

»Und was zum Teufel machen wir dann da oben im Niemandsland?«, fragte er.

»Angeln, Zelten, Erdbeeren klauen, Baden, mit dem Luftgewehr schießen«, antwortete ich.

»Ist da niemand sonst?«, fragte er.

»Papa«, sagte ich.

»In unserem Alter, meine ich.«

»Doch«, sagte ich. »Ein Mädchen.«

»Ist sie hübsch?«, fragte er.

»Das kann man so nicht sagen«, sagte ich. »Sie hat Achselhaare.« Das rutschte mir so raus. Es war das Erste, was mir nach dem Porno einfiel. Von dem ich Frank auf keinen Fall erzählen wollte, weil er dann nur völlig durchdrehen würde.

»Und was macht deine Entwicklung?«, fragte er.

Das mit der Entwicklung beschäftigte Frank gewaltig. Oder mit der Pubertät, wie es fachsprachlich heißt. Bei uns in der Klasse war er definitiv am weitesten. Ich bin kein Spanner oder so, aber wenn man nach dem Sport unter der Dusche ganz zufällig einen Rüssel mit Bart drunter zu sehen bekommt, ist das ein Bild, das man nicht so leicht wieder vergisst. Das arbeitet schon noch eine Weile in einem weiter. Sogar abends im Bett. Wie ein Film, der ordentlich Eindruck bei einem hinterlassen hat. Man kann einfach nicht aufhören, daran zu denken, ob man will oder nicht.

»Und, passiert was?«, nervte er weiter.

Ich nuschelte was von Funkloch und dass ich gehen müsste.

»Alf Iversen!«, sagte ich.

»Alf Iversen«, sagte er.

Alf Iversen ist eine Abschiedsversion von Frank, weil es so ähnlich klingt wie »Auf Wiedersehen«. Das ist typisch Franks Humor.

Papa und Roger handwerkeln wieder zusammen. Heute Morgen war er ziemlich mies gelaunt und schroff, worauf ich ihm vorgeschlagen habe, doch eine Radtour zu machen. Nach der Radtour gestern war er nämlich supergut drauf, darum dachte ich, das könnte vielleicht jetzt auch helfen.

Nach etwa einer Stunde kam er in Begleitung von Roger nach Hause. Ich hatte gar nicht mitbekommen, dass Roger schon früher losgefahren war, und natürlich waren sie sich unterwegs begegnet. So ein Mist aber auch!

Hab vergessen zu erwähnen, dass das Wetter brutal gut ist. Sonne und Shortswetter. Es ist so heiß, dass ich mich zum Abkühlen in den Wohnwagen zurückgezogen habe … Das ist super fürs Fest heute Abend, aber leider auch für die Handwerkerarbeiten. Papa und Roger hämmern und haben Spaß. Und hören Steinzeit-Discomucke. Nicht volle Lautstärke, weil Dieter irgendwann da war und sie gebeten hat, doch ein bisschen Rücksicht auf die Nachbarschaft zu nehmen.

»Bis heute Abend bei Lisbeth!«, rief Papa hinter ihm her.

Ich traute meinen Ohren nicht. Papa war nicht der Typ, der anderen was hinterherrief.

Durch das geschlossene Fenster hab ich nicht gehört, ob Dieter geantwortet hat. Aber ich sah ihn mit energischen Schritten auf sein Haus zulaufen.

6. JULI, 15:12

Indiane und ich lassen sie nicht aus den Augen.

Wir haben oben auf dem Berg Stellung bezogen.

Wir haben uns verschiedene Deckgeschichten ausgedacht: Vögel beobachten, unsere Hunde dressieren, Judotraining.

Indiane hat ein Fernglas eingepackt und zwischendurch beobachten wir tatsächlich Vögel. Dann wieder Papa und Roger. Sie arbeiten. Trinken ab und zu einen Schluck Bier. Außer dass Papa schon bei seiner zweiten Dose Bier angelangt ist, ist nichts Ungewöhnliches passiert.

Indiane hat mir ein paar Tipps gegeben, wie ich Waldo dressieren kann. Sie und der Berlin-Papa haben Lady dressiert. Der hat übrigens nicht vor, nach Nordfjordbotn zu kommen. Als Indiane mit ihm telefoniert hat, hat er ununterbrochen von einem Italiener gefaselt, den er in Berlin kennengelernt hat.

Waldo kann super Stöckchen apportieren, aber sich nicht gut tot stellen und Pfote geben. Im Moment ist er an einen Baum festgebunden, weil er immer weiter Stöckchen gesucht hat, obwohl wir längst schon keine mehr geworfen haben.

Indiane hat mir einen sehr effektiven Judowurf gezeigt. Ich hab sie jetzt mindestens schon zehnmal über die Schulter geschwungen und zu Boden geworfen und hätte locker noch zehn weitere Würfe gemacht, aber Indiane brauchte eine Pause.

Indiane hat mir ihren alten Judoanzug geliehen. Der ist ein bisschen eng. Ich hab vorsichtshalber mal Shorts darunter angezogen, falls eine Naht platzt. Man weiß ja nie, was Indiane einfällt, wenn sie mich in Unterhose sieht. Immerhin kann ich jetzt einen Judowurf, mit dem ich mich wehren kann.

Gerade hat sie versucht, über meine Schulter mitzulesen, was ich schreibe. Ich habe ihr klargemacht, dass das eine Art Tagebuch ist und sehr privat.

»Na ja, eigentlich ist das ja Papas Gästebuch«, sagte sie. »Also darf ich auch lesen, was da drin steht.«

Für diesen Fall hatte ich mir was Cleveres ausgedacht.

»Dein Computer gehört doch bestimmt auch deinem Vater?«, fragte ich.

Indianes selbstsicheres Lächeln verzog sich zu einer Grimasse.

»Was willst du damit sagen?«, fragte sie.

»Ich geh mal davon aus, dass er nicht weiß, was du damit machst, oder?«

Sie schüttelte den Kopf und wurde blass. Als hätte jemand einen Eimer kaltes Wasser über ihr ausgeschüttet.

Um auch wirklich ganz sicherzugehen, dass meine Botschaft ankam, schob ich nach:

»Und du willst sicher auch nicht, dass er es erfährt?«

Das wollte sie auch nicht.

Seitdem lässt sie mich in Ruhe meinen Kram schreiben.

Ich frage mich, wie wir es heute Abend auf dem Fest einfädeln sollen, dass Lisbeth sich für Papa interessiert. Das muss ich noch mal mit Indiane besprechen.

»Das wird nicht einfach«, sagte Indiane.

Das Mädel macht mich fertig.

»Na super!«, sagte ich.

»Bring ihn dazu, seine Haare ein bisschen zu ordnen.«

»Das macht er nie.«

»Und sich was Schickes anzuziehen.«

»Er besitzt nichts Schickes.«

»Ich werd schon was finden. Es gibt keine hässlichen Menschen, nur hässliche Kleider.«

»Na, dann viel Erfolg!«, sagte ich.

Ich muss aufpassen, dass Papa vor dem Fest nicht noch mehr Bier trinkt. Wenn er schon betrunken ist, bevor es überhaupt losgeht, kann das ins Auge gehen.

7. JULI, 01:13

Auweia, was für ein Fest! Die reinste Katastrophe! Hilfe!

Da kannst du fiepsen, soviel du willst, Waldo, aber so führt man sich einfach nicht auf. (Er liegt auf seiner Decke unter dem Tisch und winselt und jault. Aber ich bleibe hart! Ich habe mich entschieden. Basta!)

Papa rümpfte die Nase, als Indiane mit den Klamotten kam, die sie für ihn rausgesucht hatte: ein hellblau-grün gestreifter Anzug mit einem kleinen aufgestickten Traktor (!). Dazu sollte er ein weißes T-Shirt anziehen, aber Papa hat nur schwarze T-Shirts.

»Ähm«, sagte Papa. »Ich glaub, ich zieh einfach ein Hemd an.«

»Dresscode«, sagte Indiane. »Alle müssen Anzüge tragen. Aber ruhig casual.«

Ich hatte keinen Schimmer, was sie meinte, nickte aber trotzdem zustimmend. Und fügte vorsichtshalber hinzu: »Lisbeth legt großen Wert auf so was!«

Papa seufzte gequält.

»Ich weiß nicht, ob das so eine gute Idee ist. Vielleicht sollten wir sagen, dass wir verhindert sind?«

»Du musst neue Leute kennenlernen«, sagte ich. »Deinen Horizont erweitern. Dieter und Grete kommen auch. Das ist doch bestimmt interessant, sich mit den Leuten zu unterhalten, die jetzt in dem Haus wohnen, in dem du deine Kindersommer verbracht hast.« Die Information entlockte ihm nur noch einen tieferen Seufzer.

»Es gab ziemlich heftigen Streit zwischen ihnen und meiner Mutter, als sie das Haus übernommen haben«, nuschelte er.

»Du wirst superelegant aussehen«, sagte Indiane. »Richtig ... fresh!«

Papa weigerte sich, den Anzug anzuziehen. Was ich gut verstehen konnte.

Eine halbe Stunde vor Partybeginn kam Roger Berg in den Wohnwagen. Mit einer Weinflasche in der Hand. Er hatte nasse Haare und duftete nach einer Mischung aus Shampoo und Aftershave. Als er den Anzug an dem Hängeschrank in der Küchenecke hängen sah, zuckte er merkbar zusammen. Er wendete den Blick ab und ging zu Papa, der am Tisch saß und sein altes, grau gestreiftes Hemd zuknöpfte, das knitterig wie ein gebrauchtes Papiertaschentuch war. »Hast du einen Korkenzieher?«, fragte Roger mit einem Seitenblick auf den Anzug.

Hatte Papa nicht, worauf Roger Indiane ins Haus schickte, um einen zu holen. Ich gab zu bedenken, dass dafür keine Zeit war, weil wir gleich bei Lisbeth sein und es bis dahin vielleicht ein bisschen ruhig angehen lassen sollten. Da wurde Roger richtig laut. »Indiane!«, sagte er drohend.

Sie lief los und holte einen Korkenzieher. Wenn Roger sauer ist, diskutiert man lieber nicht mit ihm.

Kurz darauf saßen unsere Papas mit randvollen Kaffeetassen, weil es keine sauberen Gläser mehr gab. Indiane und ich hockten uns auf mein Bett und ließen die Falttür offen, damit wir sie beobachten konnten.

»Könnte es sein, dass dein Papa es nicht gut findet, dass du seinen Anzug genommen hast«, flüsterte ich.

»Das ist nicht seiner, sondern der von meinem Berliner Papa.«

Die beiden saßen in der Erwachsenenhälfte und unterhielten sich über typische Lehrerzimmerthemen: landesweite Prüfungen, Raumklima, Kürzungen im Gemeindeetat. Die Zeit tickte davon.

»Wir müssen los«, sagte Indiane laut.

»Ihr müsst die Flasche VORM Fest nicht mehr ganz leer machen«, warf ich in die Runde.

»Ich hab noch mehr«, sagte Roger.

»Hat Tonjes Familie sich eigentlich nach der Konfirmation noch mal gemeldet?«, fragte ich.

»Ja!«, sagte Papa und kippte den letzten Schluck Rotwein runter.

»Wer hätte das gedacht«, sagte ich.

Es war nur noch ein kleiner Spuckerest in der Flasche, als sie sich endlich erhoben. Trotzdem schaffte es Roger auf wundersame Weise, den Anzug zu bekleckern, als er daran vorbeiging.

»Hoppsala«, sagte er.

»Papa!«, platzte Indiane heraus, schnappte sich eilig einen Lappen und rubbelte an dem Flecken herum, der nur noch größer wurde. »Jetzt ist er nicht mehr zu gebrauchen«, sagte sie.

»Oje«, sagte Roger mit einem breiten Grinsen. »Und dabei war er so teuer!«

Papas Kichern jagte mir einen Schauer über den Rücken: Das war total mädchenhaft.

Roger ging ins Haus. Zum Pinkeln, behauptete er.

Ich nutzte die Wartezeit zu einem ernsten Gespräch unter Männern mit Papa.

»Du solltest ein bisschen vorsichtig mit dem Wein sein«, sagte ich. »Damit du nicht besoffen wirst.«

Indiane zog sich etwas zurück und tat so, als würde sie den Vorbau bewundern.

»Entspann dich!«, sagte Papa und kicherte schon wieder so mädchenhaft. »Ich bin zu der Erkenntnis gekommen, dass ich in den Schultern mehr loslassen muss, mir ein paar Freiheiten gönnen sollte. Neue Dinge ausprobieren. Wein ist eine tolle Sache. Ich werde in Zukunft mehr Wein trinken, Arvid.«

»Aber ...«, setzt ich an.

»Wenn es dir zu viel wird, kannst du ja einfach nach Hause gehen«, sagte er. Und kicherte.

Indiane und ich sahen uns an. Ich bin mir sicher, dass sie genauso deutlich spürte wie ich, dass hier Gefahr im Verzug war.

In dem Augenblick kam Roger aus dem Haus – mit zwei vollen Flaschen in den Händen.

Ich machte mir ein wenig Sorgen, was Lisbeth wohl von Papa dachte. Als wir ihr Grundstück betraten, war er mitten in einem Vortrag über ein Buch, das er gelesen hatte. Ich fühlte mich fatal an seinen Auftritt bei Tonjes Konfirmation erinnert. Dummerweise hatte es null abschreckende Wirkung auf Roger Berg. Er lachte sich schlapp, als wär Papa DER Komiker.

Aber als Lisbeth die Veranda betrat, eine Sektflasche in der einen und ein qualmendes Zigarillo in der anderen Hand, da war mir schnell klar, dass Papa an diesem Abend nicht unser größtes Problem sein würde.

»Party!!!«, jubelte Lisbeth. Das Fest schien schon in vollem Gang zu sein. Ihre Stimme schlingerte, ihre Augen glänzten glasig und als ich sie begrüßte, roch ich die kräftige Weinfahne. Sie trug ein Spitzenkleid mit Fransen und drückte mir ihre Brüste entgegen (die waren so gut wie nackt!). Der weiße Stoff erinnerte mich an Mamas Nachthemden.

»Ist das ein Nachthemd?«, flüsterte ich Indiane ins Ohr.

»Sie hat was mit ihren Haaren gemacht!«, flüsterte Indiane zurück. Und jetzt sah ich es auch. Ihre übliche Lockenmähne war gebändigt und plattgedrückt und obwohl sie hektisch hin und her laufend die letzten Vorbereitungen erledigte, rührte sich kein Härchen in ihrer Frisur.

Sie hatte einen langen Tisch auf der Veranda gedeckt mit hochstieligen Gläsern und Servietten. Als Nächstes brachte sie zwei Schalen mit Garnelen mit langen, ekeligen Fühlern und kleinen schwarzen Stecknadelkopfaugen nach draußen. Davon würde ich nichts essen.

Dieter und Grete kamen Arm in Arm angeschlendert. Sie hatten den Pudel dabei, der so gut erzogen war, dass er ohne Leine gehen konnte und sich brav unter den Tisch legte, als Dieter ihm leise etwas zuraunte. Lady lag in Indianes Zimmer und schlief. Indiane hatte erzählt, es wäre ganz normal, dass trächtige Hunde müde sind.

Waldo war sicherheitshalber im Wohnwagen eingesperrt.

Dieter und Grete hatten auch eine Weinflasche dabei. Wir können echt froh sein, wenn die Erwachsenen diesen Abend überleben, dachte ich. Und eigentlich wäre das der richtige Augenblick gewesen, mir Papa zu schnappen und nach Hause zu gehen. Ich ahnte ja schon, wo das hinführen würde, ungefähr jedenfalls. Obwohl ... was dann passierte, hätte niemand vorhersehen können.

Anfangs lief es noch ganz harmlos. Papa und Roger hielten sich zurück und Dieter redete ruhig und leise. Seine Frau nickte zu allem und war seiner Meinung. Lisbeth gab zum Besten, was ihr gerade so einfiel. Und alle saßen sie ganz konzentriert vor ihren Garnelenhaufen und pulten munter vor sich hin. Lisbeth war die Einzige, die gleichzeitig pulen und wie ein Wasserfall reden konnte, übers Wetter und den lieben Gott, über Einwanderungspolitik und den Kilopreis von Garnelen. Selbst beim Kauen redete sie weiter.

Papa hatte keine Übung im Garnelenpulen. Er schmierte erst einmal Butter auf eine Weißbrotscheibe, legte sich ein paar Garnelen auf den Teller und schielte zu Roger rüber, der den Viechern energisch den Kopf abdrehte und das Hinterteil ruckartig aus der Schale zog. Als er Papas verzweifelten Blick bemerkte, drehte er sich zu ihm und zeigte ihm in Zeitlupe, was er machen musste. Papa versuchte, es ihm nachzumachen, was kein schöner Anblick war. Er spritzte sich das Hemd und die Hose mit Garnelensaft voll.

Die Fühler pappten an seinen klebrigen Fingern, die er alle naselang an einer Papierserviette abwischte, bis nur noch Fetzen davon übrig waren. Irgendwann schaufelte Roger eine Portion seiner geschälten Garnelen auf Papas Brotscheibe.

»Danke«, murmelte Papa und lächelte Roger verdächtig an. Andere würden vielleicht »dämlich« sagen. Wenn's nach mir ginge, sollte es Vätern verboten werden, sich dämlich zu benehmen.

Und außerdem sollten Väter Garnelenbrote gefälligst vorbildhaft essen. Papa stopfte seine Scheibe so gierig in den Mund, dass die Mayonaise hinterher an seiner Nase klebte und die Garnelen hemmungslos herunterpurzelten.

»Schon mal was von Messer und Gabel gehört?!«, sagte ich.

»Bei mir wird mit den Fingern gegessen!«, rief Lisbeth.

Ich hielt mich an Weißbrot mit Butter. Indiane ebenfalls.

»Aber du magst doch Garnelen«, sagte Roger.

»Nicht mehr«, sagte Indiane.

Dieter war ziemlich verkrampft und erstaunlich schweigsam, dafür war seine Frau umso neugieriger.

»Seid ihr zwei ... ein Paar?«, fragte sie Papa und Roger.

»NEIN!«, antwortete ich an ihrer Stelle.

Worauf alle lachten. Über mich. Als wäre ich fünf Jahre und hätte was ganz Lustiges und Süßes gesagt. Netterweise stand Indiane auf meiner Seite. Jedenfalls unter dem Tisch. Sie stieß mit ihrem Fuß gegen meinen und verdrehte die Augen, als ich sie ansah.

Dieter wurde mit jedem Glas Sekt, das Lisbeth einschenkte, fröhlicher.

Er fragte Papa aus, ob er als Kind viel Zeit hier verbracht hätte. Und Papa erzählte von Angelausflügen und gemopsten Erdbeeren und einem Multebeerstreit mit dem Großgrundbesitzer im Ort, wie sich herausstellte, Lisbeths Großvater. Das schien sehr witzig zu sein, jedenfalls lachten alle. Lisbeth gab auch Geschichten aus ihrer Jugend zum Besten. Sie erinnerte sich noch an Papa als Kind, Lille-Jan hatten sie ihn genannt. Und Papa erzählte, dass er ein bisschen Angst vor Lisbeth gehabt hätte, weil sie so groß und laut war, worauf wieder alle lachten. Hahaha.

Es war ziemlich langweilig und ereignislos, wie immer, wenn Erwachsene zusammensitzen, außer der hemmungslosen Weintrinkerei und einem etwas zu redseligen Papa.

Als die Garnelen aufgegessen, die Sektflasche leer und je eine Flasche Rotwein und Weißwein geöffnet waren, fingen sie von Papas Robotertanz auf Tonjes Konfirmation an. Indiane und ich hatten beide verpasst, wie sie auf das Thema gekommen waren, weil wir an unseren Handys rumdaddelten, um nicht vor Langeweile einzuschlafen. Ich wurde erst aufmerksam, als Roger Papa anfeuerte.

»Komm, zeig uns, wie der Robotertanz geht!«, sagte er.

»Ach Gott, der Robotertanz, da erinner ich mich auch noch dran«, sagte Dieter dämlich grinsend. (Eine Nebenwirkung von Wein scheint dämliches Grinsen zu sein, an dem Abend wurde jedenfalls dämlich um die Wette gegrinst.)

Papa wurde rot wie eine Garnele und sprang so abrupt von seinem Stuhl auf, dass der nach hinten kippte. Und dann legte er los. Mit den Robotermoves. Steife, mechanische Verrenkungen seiner

Arme und Beine. Abgehackte Bewegungen. Das sah echt bescheuert aus. Die Erwachsenen lachten. Ich bereute zutiefst, dass ich Roger von dem Tanz erzählt hatte.

Der stand jetzt auf und machte Papas Bewegungen nach. Die anderen lachten immer lauter. Lisbeth erhob sich von ihrem Platz und suchte auf ihrem iPad irgendwelche alte Musik mit Roboterstimmen, jaulendem Synthesizer und Transenrhythmen. Kurz darauf war die Veranda zur Tanzfläche umgebaut und alle Erwachsenen robotertanzten und lachten und johlten. Selbst Dieter und Grete, wenn auch ziemlich zurückhaltend und im Hintergrund. Da kam sogar der gut erzogene Pudel unter dem Tisch hervor und sah sich das Gezappel mit schief gelegtem Kopf staunend an.

Zum Glück kommen Erwachsene schnell aus der Puste. Erschöpft und nach Luft schnappend plumpsten sie auf ihre Stühle. Leider waren sie auch schrecklich durstig und kippten den Wein runter wie Saft.

Bis jetzt hatte Papa Lisbeth kaum angesehen. Aber nun blieb ihm gar nichts anderes übrig, da Lisbeth ihr dickes Hinterteil auf Rogers Schoß pflanzte, sich zu Papa umdrehte und ihn aufforderte, einen Schwank vom Leben in der Stadt zu erzählen.

»Stadt?!« Roger lachte. »Die beiden wohnen in *Finnsnes*.«

Alle Erwachsenen lachten.

»Finnsnes hat Statdtstatus!«, sagte ich.

Worauf sie noch lauter lachten.

Und Papa fing an, von seinem Leben in der Stadt zu erzählen, das übliche Geseiere von dem täglichen Überlebenskampf als Lehrer an einer weiterführenden Schule zwischen tätowierten, hormongesteuerten und spärlich bekleideten Siebzehnjährigen, die Geschichte für ein Fach hielten, in dem man die Geschichten von der letzten Party zum Besten gab. Das Seltsame war, dass die anderen ihn total komisch fanden, obwohl er genauso gestelzt und steif wie immer daherredete. Mir wurde ganz schlecht, aber Papa fühlte sich sichtlich wohl. Er trank munter weiter Wein und schien nichts dagegen zu haben, dass Lisbeth vor seiner Nase so lachte, dass ihre Brüste wackelten. Roger schon. Aber auf dem saß sie ja auch. Er stemmte sie hoch und überließ ihr seinen Stuhl, um sich neben Grete zu setzen und sich auf Deutsch mit ihr zu unterhalten. Dieter hatte sich mit seinem dämlichen Grinsen Papa und Lisbeth zugewandt.

Jetzt übernahm Lisbeth und erzählte von ihrem Leben auf dem Land. Das öde und monoton war für jemanden wie sie, die Feste und Halligalli liebte und eigentlich in die Stadt gehörte. Aber bei den Mietpreisen konnte eine arme Keramikerin mit Invalidenrente sich nichts anderes leisten, als dort zu wohnen, wo niemand zu wohnen für möglich hielt. Zum Glück hatte sie ja reizende Nachbarn, und am glücklichsten war sie über die Bekanntschaft mit Harald, mit dem sie viele und lange Gespräche geführt hat und *Bla bla ich ich laber Rhabarber ich ich.*

Ich verpasste die Fortsetzung, weil Indiane mich mit sich in die Küche schleppte, wo sie in den Schränken zu schnüffeln begann.

»Äh«, sagte ich. »Was, wenn sie das merkt?«

»Kein Problem«, sagte sie. »Lisbeth hat gesagt, in der Küche gäbe es Süßigkeiten, wenn uns langweilig wird. Und sie hat DVDs, die wir uns angucken können.«

Ich fand ja, dass wir lieber unsere Väter im Auge behalten sollten.

»Wieso?«, fragte sie.

»Um Papa und Lisbeth zu verkuppeln ... du weißt schon.«

»Wenn es die beiden sein sollen, kriegen die das auch ohne uns hin«, sagte sie. »Ich glaube, Eltern finden es nicht so gut, wenn ihre Kinder ihnen vorschreiben, mit wem sie rumhängen.«

»Aber was, wenn Grete und Dieter denken, dass unsere Väter zusammengehören und ein Paar sind?«, gab ich zu bedenken.

»Ja und? Dann soll es wohl so sein«, antwortete sie.

»Nein, soll es eben nicht!«, sagte ich.

»Was haben wir dann zu befürchten?«

Ich ließ mich überreden, *Shining* anzugucken. Das war aber auch zu verlockend, er war erst ab 18 freigegeben und schön blutrünstig. Frank hat ihn mal gesehen, als er in einem Hotel übernachtet hat, und konnte hinterher nicht mehr schlafen.

Ich hätte ahnen müssen, dass Indiane was im Schilde führte. Sie machte es sich mit der Süßigkeitenschale auf dem Schoß auf dem Sofa gemütlich, sodass ich mich direkt neben sie setzen musste, wenn ich auch was haben wollte. Bei der ersten spannenden Stelle zuckte sie zusammen und griff nach meiner Hand. Das war natürlich nur ein Vorwand, um mich anzufassen. Ich tat, als hätte ich eine Hustenattacke und hielt mir genau die Hand vor den Mund, die sie festhielt. Guter Trick, muss ich mir merken. Danach rückte sie mir langsam aber sicher immer dichter auf die Pelle. Das hatte sie bestimmt aus dem Internet. Aus einem DIESER Filme. Ich befürchte, sie hatte ganze konkrete Pläne, wie es weitergehen sollte. Mir grauste davor.

»Du kannst einen der Welpen haben«, sagte sie unvermittelt. Ich war etwas abgelenkt, weil der Film mitten in einer unheimlichen Szene war, in der die Hauptperson durch einen dunklen Flur schleicht.

»Das ist so üblich«, sagte Indiane. »Wenn man Hunde paart.«

Ich bekam heiße Ohren. Paarung war nicht unbedingt das Thema, mit dem ich mich jetzt beschäftigen wollte.

»Ich bin ja mal gespannt, wie viele es werden«, sagte sie und neigte den Kopf so weit zur Seite, dass ihre Haare über meine Schulter fielen. Diesmal entkam ich, indem ich mich vorbeugte, nach der Fernbedienung griff und den Ton lauter stellte. Sicherheitshalber blieb ich vornübergebeugt sitzen. Eine ziemlich unbequeme Position, aber das war es wert.

»Stell dir das mal vor«, sagte Indiane (und strich sich, glaube ich, über den Bauch). »Da drin wächst irgendwann vielleicht auch mal ein kleines Baby. Ist das nicht irre?«

»Ich würde gerne den Film sehen«, sagte ich.

Da hörte sie auf zu nerven.

Als ich mich das nächste Mal zur Seite drehte, um mir was aus der Süßigkeitenschale zu nehmen, stand sie auf dem Sofa und Indiane war ganz ans andere Ende gerückt.

Das gefällt mir, wenn Mädchen einen Wink richtig deuten und man es ihnen nicht brutal ins Gesicht sagen muss.

Schade, dass das bei Eltern nicht auch so funktioniert.

Oder Hunden.

Als Jack Nicholsen mit der Axt auf die Tür einzuschlagen begann, kam Lisbeth hereingetorkelt.

»Mir platzt gleich die Blase!«, kicherte sie und verschwand im Bad.

Sie kam mit dem Arm voller Handtücher zurück.

»FKK-Warnung«, sagte sie. »Jetzt wird nackt im Fluss gebadet!«

Sie trippelte raus auf die Veranda.

»Auf geht's!«, hörten wir sie rufen.

Ich sah Indiane an. Indiane sah mich an.

»Wir stellen den Film besser auf Pause«, sagte ich.

Sie nickte.

Wir beeilten uns, ihnen zur Badestelle zu folgen.

Der Vorschlag mit dem Nacktbaden kam von Roger und nicht von Lisbeth, wie wir geglaubt hatten.

Grete war nach Hause gegangen, sie fühlte sich nicht ganz wohl. Das schlug ich Papa auch vor.

»Du magst doch gar nicht baden«, erinnerte ich ihn auf dem Pfad, der zum Fluss führte. Roger war vorgelaufen, mit Lisbeth und Dieter auf den Fersen, den Pudel brav bei Fuß.

»Stimmt doch gar nicht!«, sagte Papa. »Außerdem – wenn ich jetzt kneife, zieht Roger mich bis ans Ende der Ferien damit auf, was für ein Feigling ich bin.«

»Du bist ja auch ein Feigling!«, sagte ich.

»Ach ja?«, sagte Papa und knöpfte sein Hemd auf.

»Und das ist auch gut so«, beeilte ich mich, hinterherzuschieben. »Wer nicht im Fluss schwimmt, kann auch nicht ertrinken!«

Es half alles nichts. Unten am Wasser pellte Papa sich aus seinen Kleidern. Allen Kleidern. Genau wie Roger, Dieter und Lisbeth. Indiane und ich schauten woandershin, aber der Pudel, der Dieter brav auf Schritt und Tritt folgte, stellte sich auf die Hinterbeine und musterte neugierig die Nackedeis. Roger lief als Erster ins Wasser, kam aber eilig zurück ans Ufer, als er merkte, wie kalt es war. Papa nahm Anlauf und rannte platschend ins Wasser – und stürzte sich kopfüber hinein.

»Oh, Scheibenkleister!«, schrie er. »Ist das kalt!«

»Pass auf deinen kleinen Mann auf!« Lisbeth grinste. »Nicht, dass er dir abfällt!«

Lisbeth watete langsam hinaus, Dieter ebenso. Roger lief am Ufer hin und her, bis er eine Stelle fand, an der es tief genug war, um zu springen. Das gab einen ordentlichen Klatscher.

Papa schwamm ihm entgegen. Ich warf einen raschen Blick zu Lisbeth und Dieter rüber, die unseren Papas glücklicherweise den Rücken zugekehrt hatten und nichts mitbekamen. Sie standen schlotternd bis zu den Knien im Wasser. Lisbeth spritzte Dieter nass, der sich schüttelte und empört guckte, aber schnell wieder sein dämliches Grinsen aufsetzte. Ein Stück flussaufwärts kämpfte Papa sich vorwärts, Roger holte ihn schnell ein. Sie planschten prustend herum, dass das Wasser nur so spritzte, und sie sprachen ganz leise miteinander, als hätten sie Geheimnisse. Im nächsten Augenblick begannen sie, Richtung See zu schwimmen. Roger rief etwas, ich verstand nicht, was, aber der Ton war provozierend.

Ich sah Indiane an. Sie rümpfte die Nase und kaute nachdenklich auf der Lippe.

»Wo wollen die denn jetzt hin?«, fragte ich.

Sie zuckte mit den Schultern. »Zum See, wie es scheint.«

»Das ist doch krass weit!«

»Vielleicht suchen sie ja einen Platz, wo sie ungestört sind.«

Der Gedanke gefiel mir gar nicht.

»Papa?«, rief ich.

Er antwortete nicht.

Ich verschaffte mir einen blitzschnellen Überblick über die Situation: Papa war nackt und er hatte Wein getrunken.

Mir war klar, dass ich zu drastischen Maßnahmen greifen musste. Ich riss mir die Klamotten vom Leib (bis auf die Boxershorts!) und rannte in das eiskalte Wasser, das sich wie spitze Nadeln in meine Haut bohrte. Dann warf ich mich nach vorn und rief so laut ich konnte: »PAPA! HILFE!«

Lisbeth kam angewalzt, aber ich schubste sie weg und schwamm hinter Papa und Roger her. Ich schrie weiter um Hilfe, bis ich sah, dass er sich umdrehte. Da riss ich die Arme hoch und fuchtelte wild damit herum. »Hilfe! Papa! Hilfe!«

Er kam, dicht gefolgt von Roger. Papa war erstaunlich schnell. Wofür ich dankbar war, weil das Wasser ganz schön kalt war. Als er mich fast erreicht hatte, sah er, dass ich an der Stelle stehen konnte. Er lächelte beruhigend und nahm mich in den Arm, drückte mich an sich.

»Hattest du Angst?«, fragte er.

»Ich bin ausgerutscht«, sagte ich und drückte mich an ihn. Und ich hatte nicht vor, ihn so schnell wieder loszulassen.

Roger schwamm neben Papa, viel zu nah.

»Alles in Ordnung?«, erkundigte er sich. Ich nickte.

Sein Blick wanderte ans Ufer.

»Indiane!«, rief er. »Jetzt fehlst nur noch du!«

Sein Blick verharrte auf einem Punkt hinter meinem Rücken, seine Augen begannen zu funkelten. Ein breites Grinsen zog seine Mundwinkel auseinander. Ich drehte mich um. Am Ufer stand der Pudel. Mit Waldo halb auf sich. Keine Ahnung, wie der aus dem Wohnwagen entkommen war. Vielleicht hatte er, als er an die Tür sprang, zufällig die Türklinke erwischt. Wie auch immer, jetzt juckelte er wie wild und mit weit raushängender Zunge an dem Pudel herum. Aber er kam nicht richtig dran. Und die Pudeldame machte keinerlei Anstalten, ihm entgegenzukommen. Sie kläffte, knurrte und versuchte, ihn abzuschütteln.

Indiane glotzte das Schauspiel an. Entgeistert, fasziniert. Wie alle anderen auch. Lisbeth brach in hysterisches Gelächter aus, während Dieter sein dämliches Grinsekichern von sich gab. Roger prustete los und Papa konnte sich auch nicht halten.

Jetzt ging die Pudeldame zum Angriff auf Waldo über. Sie biss und kläffte, bellte und knurrte.

Und was tat Waldo? Er zog sich zurück und presste den Kopf

ganz flach auf den Boden zwischen die Vorderpfoten, als schämte er sich.

Die Erwachsenen kriegten sich gar nicht mehr ein. Haha, der triebgesteuerte, kopflose Köter. Ihr Lachen tat weh. Ich hatte das Gefühl, dass sie eigentlich über mich lachten.

Dabei stand das Schlimmste noch bevor.

Die Pudeldame hatte sich in Sicherheit gebracht, bellte aber immer noch mit breit aufgestellten Beinen und schien zu sagen: Trau dich ja nicht noch mal her. Indiane hatte die Arme um den Oberkörper geschlungen, als fröre sie. Das eine Bein hatte sie leicht vorgestreckt. Waldo kroch geduckt zu eben jenem Bein und juckelte von Neuem los.

Lisbeth kreischte vor Lachen, Dieter lachte so laut und schallend, dass es ein Echo im Wald gab. Selbst Roger kicherte unterdrückt, obwohl die Leidtragende seine Tochter war. Und Indiane stand da und schaute schockiert auf den mit weit heraushängender Zunge hechelnden Waldo runter.

»Nein, Waldo!«, rief ich. »Aus! Sitz! Down!«

Indiane schüttelte den Fuß hin und her, um ihn loszuwerden.

»Hör auf!«, sagte sie mit brüchiger Stimme kurz vorm Losheulen. Aber Waldo machte weiter, Indiane schluchzte, sie versuchte, ihn wegzustoßen, aber er war hartnäckig. Wenn er mal zugepackt hatte, ließ er nicht mehr locker.

Endlich kapierten die anderen den Ernst der Lage und hörten auf zu lachen. Papa kam ans Ufer gelaufen und zerrte Waldo von Indiane weg.

Und da stand er dann, mein Vater, und drückte Waldo auf den Boden. Splitternackt, sein ganzes Dingeldangel deutlich zu sehen. Direkt vor Indiane, die mit Mühe ihre Tränen runterschluckte. Direkt vor Lisbeth, Dieter – und Roger Berg.

Das Furchtbarste war, dass er noch nicht mal Anstalten machte, Du-weißt-schon-was zu verbergen. Er fuchtelte mit der freien Hand in der Luft rum, wusste nicht so recht, wohin damit, aber statt sich damit zu bedecken, stemmte er sie in die Hüfte. Und so stand er da, vornübergebeugt, mit frei baumelndem Dingeldangel.

Ich wäre am liebsten auf der Stelle in Grund und Boden versunken, als ich Roger Berg, der neben mir im Wasser stand, amüsiert vor sich hinsummen hörte.

So Waldo, jetzt hilft kein Betteln oder Flehen: Morgen geht's auf direktem Weg zum Tierarzt!

7. JULI, 16:35

Es ist getan. Es ist vorbei.

Bevor wir losfuhren, hab ich bei Indiane geklingelt, um mich bei ihr zu entschuldigen.

Ich lächelte mitfühlend, als sie auf die Treppe rauskam, mit nassen Haaren, die nach Shampoo dufteten. Waldo saß im Auto, damit er nicht auf noch mehr dumme Ideen kam. Und ich hatte ebenfalls sichergestellt, dass Papa ordnungsgemäß im Auto saß. Bekleidet.

Trotz grauem Himmel begannen Indianes dunklen Augen zu strahlen, als sie mich sah.

»Sorry«, sagte ich. »Wegen der Sache mit Waldo«, fügte ich hinzu, worauf ihr Blick sich gleich wieder verfinsterte.

»Ach so, DAS«, seufzte sie. Bestimmt hatte sie versucht, es zu vergessen, und jetzt hatte ich sie brutal wieder daran erinnert.

»Tut mir leid, ich wollte keine schlechten Erinnerungen wachrufen.«

Sie sah mich mit zusammengekniffenen Augen an, eindeutig sauer auf mich wegen der Sache mit Waldo.

Sie wollte gerade die Tür ziehen, aber ich schob meinen Fuß dazwischen.

»Sonst noch was?«, fragte sie genervt. »Ich surfe grad im *Internet*!«

Sie sah mich provozierend an, damit ich auch ja kapierte, was sie damit meinte.

»Ich wollte dir nur mitteilen, dass es nicht wieder vorkommen wird, weil wir jetzt zum Tierarzt fahren und dem Ganzen ein Ende bereiten.«

Ich drehte mich um und ging.

»Zum Tierarzt?«, rief Indiane hinter mir her. »Muss das wirklich sein?«

Die Antwort darauf war so sonnenklar, dass ich es mir sparte, sie auszusprechen.

Der Tierarzt war eine Ärztin. Frank hätte sie bestimmt als hübsch bezeichnet, weil sie sowohl Busen als auch blondes Haar hatte (aus irgendeinem Grund ist es gut, wenn Frauen Blondinen sind). Sie ging vor Waldo in die Hocke und kraulte ihn, worauf sein Propeller ansprang und er diesen eifrigen, glänzenden Blick bekam.

»Seien Sie vorsichtig!«, warnte ich die Ärztin.

»Der kleine Racker ist doch wohl nicht gefährlich?«, sagte sie.

Waldo rieb seine Schnauze an ihren Brüsten. Sie legte ihre Hand unter seine Schnauze und schaute ihm in die Augen. »Womit kann ich dir helfen?«, fragte sie. »Du siehst eigentlich gar nicht krank aus.«

»Er benimmt sich unmöglich«, sagte ich. »Er hat nur eins im Kopf und bringt uns ständig in peinliche Situationen. Machen Sie bitte kurzen Prozess mit ihm, ein für alle Mal!«

Die Ärztin sah mich fragend an mit großen blauen Augen und

lächelte unsicher. Ich nickte energisch, das war der falsche Zeitpunkt und Ort, zu zögern. Die Ärztin drehte sich zu Papa um, der auf dem Stuhl neben mir saß.

»Was genau ist denn das Problem?«, fragte sie.

»Er fällt über Menschen her«, sagte ich. »Und andere Hunde. Und vergewaltigt sie!«

Papa räusperte sich verlegen und rutschte auf dem Stuhl hin und her. Seine Wangen hatten Garnelenfarbe angenommen.

»Er hat einen ... etwas ausgeprägten ... Sexualtrieb. Wenn läufige Hündinnen in der Nähe sind, geht er durch geschlossene Türen und lässt keine Gelegenheit aus.«

Er erzählte alles. Von Waldos unentwegtem Fiepen und Wimmern und seiner Rastlosigkeit. Dass er an manchen Tagen nichts fraß und sich wand und kratzte, als hätte er Schmerzen. Und dass das Einzige, was ihn glücklich machte, läufige Hündinnen waren, die er bespringen konnte.

Die Tierärztin lächelte und zeigte zwei eisbergweiße Zahnreihen.

»Aber das ist doch kein Grund, ihn einzuschläfern!«

Ich zuckte zusammen.

»Einschläfern?«, sagte ich, packte Waldo am Halsband und zog ihn zu mir her. »Er soll doch nicht eingeschläfert werden!«

Die Tierärztin lachte erleichtert und Papa grinste, wenn auch ziemlich steif.

»Sie sollen ihm nur die Eier abschneiden«, sagte ich.

Das war heutzutage offensichtlich nicht mehr die gängige Methode. Waldo bekam mit einer Spritze ein reisähnliches Korn gespritzt, nicht in die Eier, wie man meinen konnte, sondern in eine Nackenfalte.

Die Tierärztin erklärte es uns detailliert und hatte vor Begeisterung strahlende Augen. Das wäre so simpel, dass ich es sogar bei meinem schlafenden Papa durchführen könnte – ohne dass er was merkte.

Nachdem wir uns verabschiedet hatten und Papa Waldo zum Auto trug, lief ich unter dem Vorwand, etwas vergessen zu haben, noch mal zurück zu der Tierärztin. Sie schrieb etwas am Computer und zuckte zusammen.

»Könnte ich vielleicht eine extra Spritze mit so einem Reiskorn bekommen?«, fragte ich.

Sie lächelte schief.

»Ihr kommt einfach in sechs Monaten wieder und frischt das Depot auf.«

»Nicht für Waldo.«

»Für wen sonst?«

»Das kann ich nicht sagen.«

Die Tierärztin kicherte.

»Da mach dir mal keine Sorgen«, sagte sie. »Es ist ganz normal, dass man sich in deinem Alter für Mädchen zu interessieren beginnt.«

»Für mich auch nicht!«, sagte ich.

»Mmh«, sagte sie nur und zog indianetypisch die Augenbraue

hoch. Mann, war das peinlich, mein Mund wurde ganz trocken. Und dann konnte ich das Missverständnis nicht mehr aufklären, weil schon eine Katze auf dem OP-Tisch lag und sie keine Zeit mehr für mich hatte.

Jetzt denkt die Tierärztin, ich würde unter dem gleichen Problem leiden wie Waldo: Hypersexualität. So lautete die Diagnose.

Ich muss nicht erwähnen, dass ich um die Tierarztpraxis für den Rest meines Lebens eine großen Bogen machen werde, oder?

7. JULI. 21:33

Das Reiskorn wirkt nicht. Waldo winselt und jault und ist genauso rastlos wie vorher. Das Gute daran ist, dass Papa Waldo nicht alleine lassen will. Roger war vorhin da, um Papa zu einem französischen Neue-Welle-Film einzuladen, aber Papa hat wegen Waldo abgelehnt.

(Ob so ein französischer Welle-Film eine spezielle Form von Schwulenfilm ist? Roger hat jedenfalls mehrmals betont, dass der Film Indiane und mich GARANTIERT nicht die Bohne interessiert. Aber wir könnten uns stattdessen im Wohnwagen gerne einen Gruselfilm anschauen. *Französische Neue Welle*. Bestimmt spielt der am Strand mit lauter nackten Franzosen, die sich in die Wellen stürzen und rumknutschen ... Hmm, ich sollte dafür sorgen, dass Waldo von jetzt an jeden Abend Aufsicht braucht ...)

Ich hab noch gar nicht erzählt, dass wir auf dem Rückweg vom Tierarzt an einer Kirche vorbeigefahren sind. Ich hab Papa gebeten anzuhalten, weil ich mal pinkeln müsste. Er war skeptisch, dass man in der Kirche aufs Klo gehen konnte, aber als ich sagte, dass ich es nicht länger aushalten würde, hat er angehalten.

Die Tür war offen, aber außer einer Putzfrau, die unter dem gekreuzigten Jesus mit zur Seite geneigtem Haupt den Boden wischte, war kein Mensch dort. Ich setzte mich auf die hintere Bank, faltete die Hände und beugte den Kopf nach vorn.

»Lieber Gott«, betete ich leise. »Du hörst nicht oft was von mir und ehrlich gesagt bin ich mir auch gar nicht sicher, ob es dich wirklich gibt. Jetzt hast du jedenfalls die Riesenchance, es zu beweisen. Und wenn es dich tatsächlich gibt, verspreche ich auch, im Schulgottesdienst nie wieder *Macht hoch die Tür, die Tor macht weit, es kommt der Herr mit wenig Zeit* zu singen. Und vielleicht lasse ich mich ja sogar irgendwann konfirmieren. Du müsstest allerdings dafür sorgen, dass Papa nicht mehr schwul ist. Okay, mein Interesse an dir hat sich bis jetzt in Grenzen gehalten, aber das ist grad eine echte Krise, und ich kann mir vorstellen, dass du es auch nicht gut findest, dass Papa schwul geworden ist. Du weißt bestimmt, wie so was zu regeln ist, trotzdem ein kleiner Tipp: Beim Tierarzt gibt's so ein Kastrationsreiskorn, das du ihm in den Nacken spritzen kannst. Wenn du schon dabei bist, gerne auch gleich bei Roger Berg, um ganz sicherzugehen.«

Da legte sich eine Hand auf meine Schulter. Ich zuckte zusammen und hätte fast geschrien. GOTT!, dachte ich.

Aber es war nur Papa.

»Wo ist das Klo?«, fragte er flüsternd. »Ich muss auch mal.«

Ich war völlig ausgeknockt, mein Herz schlug einen Trommelwirbel und ich bekam keinen Ton heraus. Da fiel Papas Blick auf meine Hände, die ich immer noch gefaltet hatte. Ich beeilte mich, sie auseinanderzunehmen, aber zu spät. Er kennt mich gut genug, um zu wissen, dass ich normalerweise nicht bete. Er schob sich in die Bankreihe und setzte sich neben mich. Und dann faltete er die Hände! Dabei ist er aus der Kirche ausgetreten.

»Wolltest du nicht aufs Klo?«, fragte ich.

»Es hat was, in einer Kirche zu sitzen und ein bisschen nachzudenken«, sagte er. »Selbst wenn man mit Religion nichts am Hut hat.«

»Meinetwegen können wir jetzt gehen!«, sagte ich.

»Vermisst du Mama?«, fragte er.

»Nein«, sagte ich. »Nicht die Bohne!«

»Du weißt, dass ich es völlig in Ordnung finde, wenn du ein paar Tage mit ihnen in Pontius' Sommerhaus fahren willst.«

DAS wollte ich nun ganz sicher nicht.

»Und es wäre sicher nicht das Schlechteste, wenn du endlich mal eine ihrer Essenseinladungen annimmst.«

»Alles zu seiner Zeit«, sagte ich.

»Es ist zwischendurch schon ein bisschen eng, wenn zwei Jungs den ganzen Sommer in einem Wohnwagen zusammen hausen.«

Jetzt kapierte ich, worauf er hinauswollte. Er wollte mich loswerden. Ich sollte zu Mama, damit er mit Roger Berg alleine war. Aber das kam überhaupt nicht infrage.

»Wir können jetzt weiter«, sagte ich.

»Du darfst Mama nicht böse sein«, sagte Papa. »Es ist nicht ihre Schuld, dass es so gekommen ist. Sie ist immer noch deine Mama, weißt du.«

Ich stand auf.

»Gehen wir«, sagte ich.

8. JULI, 20:37

Ich vermisse Mama wirklich nicht. Kein bisschen.

10. JULI. 11:35

Mist! Ich hab verschlafen. Grade ist Indiane gekommen und hat mich geweckt. Sie hat an die Wohnwagentür gehämmert, als ob es brennt.

»Sie sind zu einer Bergtour aufgebrochen!«, rief sie.

Ich rieb mir den Schlaf aus den Augen. Das war sehr verdächtig, Papa auf Bergtour. Normalerweise geht er höchstens zur Arbeit. Dass er jetzt alleine mit Roger Berg unterwegs war, war gar nicht gut. Aber dann fiel mir ein Ausflug aus dem letzten Jahr ein, Ostern, in Onkel Steinars Hütte. Papa hatte sich auf total rutschigen Langlaufskiern den Berg hochgekämpft und immer schlechtere Laune bekommen, weil er so weit hinter uns anderen zurückblieb. Als er endlich die Hütte erreichte, zwanzig Minuten nach dem Letzten von uns, war er komplett verschwitzt, hatte ganz nasse Haare und stank wie ein Iltis. Nach der Tour hat er sich geweigert, jemals wieder einen Meter auf Skiern zu laufen – zurück zum Auto ist er dann tatsächlich zu Fuß gelaufen.

Wenn das bei der Bergtour mit Roger auch so lief, was ziemlich wahrscheinlich war, da die Sonne grell und fett vom Himmel herunterbrutzelte, sollte es mir nur recht sein. Bei Rogers flottem Tempo (wenn er über sein Grundstück läuft, könnte man meinen, er trainiert für die Olympiade) kam Papa hoffentlich so ins Schwitzen, dass Roger überhaupt keine Lust mehr verspürte, ihn zu küssen oder zu umarmen. Im Gegenteil, bestimmt würde er einen großen Bogen um Papa machen.

Indiane stapfte mit Wanderschuhen und Wanderklamotten in den Wohnwagen.

»Sie haben ein Zelt mitgenommen!«, sagte sie. »Zieh dich an, wir müssen ihre Verfolgung aufnehmen!«

Auf Papas ungemachtem Bett lag ein Zettel: *Mache eine Bergtour mit Roger. Hab mein Handy und Waldo dabei.*

Ich versuchte, Indiane zu verklickern, dass Papa vom Wandern schlechte Laune kriegte und elend schwitzte, was ihren Papa garantiert auf andere Gedanken bringen würde.

Indiane verdrehte die Augen. »Hallo! Die wollen eine Angeltour machen. Auf dem Berg! Hast du nicht *Brokeback Mountain* gesehen?«

Ich hatte noch nicht einmal von dem Film gehört, noch weniger wusste ich, worum es darin ging. Indiane nahm ihr iPhone aus der Tasche und suchte eine Inhaltsangabe, bei der es mir kalt über den Rücken lief. »The story of a forbidden and secretive relationship between two cowboys.«

Und dann zeigte sie mir den Trailer.

Mir war schnell klar, was Indiane meinte. Der Film handelt von zwei Cowboys, die zusammen in den Bergen fischen gehen – und plötzlich fangen sie an zu knutschen.

Indiane ist zu sich rübergegangen und packt den Rucksack. Wir müssen sie suchen. Für den Fall, dass wir übernachten müssen, nimmt sie ein Zelt mit.

Sie hat eine Vermutung, wohin die beiden unterwegs sind. Ich will gar nicht wissen, was die da oben vorhaben. Waldo, Lady, Papa und Roger. Ich kann nur hoffen, dass Gott inzwischen eingeschritten ist und dass Waldos Kastrationskorn Wirkung zeigt!

10. JULI, 14:31

Wir machen Rast auf dem Apfelsinenhügel, wie Indiane ihn nennt. Sie hat Apfelsinen dabei, wir haben eine geteilt. Noch keine Spur von unseren Papas.

Indiane ist echt cool. Ich mag sie. Es macht Spaß, mit ihr einen Ausflug zu machen.

10. JULI. 15:47

Den letzten Satz hab ich geschrieben, weil Indiane mal wieder über meine Schulter mitgelesen hat. Jetzt liegt sie mir in den Ohren, dass sie auch die anderen Sachen lesen will, die ich geschrieben habe. Ich hab ihr gesagt, dass das privat ist und sie scheint das zu akzeptieren, trotzdem werde ich in Zukunft etwas vorsichtiger sein, was ich schreibe.

Wir haben jetzt den höchsten Punkt erreicht und machen eine Essenspause. Indiane hat richtig leckere Sandwiches geschmiert, mit Erdnussbutter. Yammi. (Das meine ich wirklich!)

Indiane hat keinen Handyempfang und es ausgeschaltet, um den Akku zu schonen. Keine Ahnung, warum, aber ich hab Empfang.

Es ist noch ein kleines Stück bis zu dem See, wo unsere Papas sind, wie Indiane felsenfest überzeugt ist.

10. JULI. 16:48

Sie sind nicht hier.

Wir sind an dem See, der in einer kleinen Senke liegt. Außer uns ist hier keine Sau.

»Bist du sicher, dass sie zu diesem See wollten?«, fragte ich.

Hundertpro, meinte Indiane. Ihr Vater käme oft zum Angeln hierher. Vielleicht sind sie einen anderen Weg gegangen und an einem ganz anderen See. Indiane meint trotzdem, es wäre das Beste, hier auf sie zu warten. Da werden sie aber ganz schön überrascht sein, uns hier zu treffen. Das wird ein Spaß, ihre Gesichter zu sehen.

Indiane baut das Zelt auf. Ich muss sie fragen, was das soll.

17:45

Das ist ein lächerlich kleines Zelt. Man kann nicht mal ordentlich die Beine ausstrecken. Gut, dass wir nicht darin schlafen müssen. Indiane hat es aufgebaut, damit wir einen Schattenplatz haben. Die Sonne ist brütend heiß!

Ich hab versucht, Papa anzurufen, als Indiane sich zum Pinkeln hinter einen Busch verzogen hat, hab aber auch keinen Empfang mehr. Ich werde langsam etwas nervös. Was machen die beiden jetzt wohl? Haben die uns hinterhältig an der Nase rumgeführt und sind ganz woanders? Aber das mit dem Brokeback Mountain wird nichts, falls sie das glauben!

Ich versuche es noch einmal auf dem Gipfel, da hatte ich vorhin Empfang.

18:05

Willst du mit mir gehen?

Indiane

18:46

Hilfe! Indiane hat mich reingelegt.

Ich bin so weit hochgegangen, bis ich Empfang hatte, und hab Papa angerufen. Er saß auf Rogers Terrasse und hat sich gewundert, wo ich stecke!

Sie haben wirklich einen Ausflug gemacht, aber auf einen ganz anderen Berg. Und Roger hatte Indiane einen Zettel geschrieben, dass sie zum Abendessen wieder zurück sind. Die frisch gefangene Forelle stand jetzt im Ofen. »Wann seid ihr zurück?«, fragte Papa.

Das ist eine Falle. Sie will mich für sich allein haben, ganz oben auf dem Berg, ohne Fluchtmöglichkeit.

Und jetzt hat sie auch noch diese eindeutige Frage ins Tagebuch geschrieben, ganz direkt, sodass es keinen Zweifel mehr gibt. Sie ist in mich verknallt.

Mist, warum hab ich das Buch im Rucksack liegen lassen, als ich zum Telefonieren auf den Berg gegangen bin? Keine Ahnung, wie viel sie gelesen hat. In jedem Fall zu viel. Was für ein Glück, dass ich auf den letzten Seiten darauf geachtet habe, nette Dinge über sie zu schreiben.

Jetzt kapier ich auch, wieso sie vorhin meinte, ich könne mich gerne alleine ins Zelt setzen und schreiben und nachdenken, wenn ich das Bedürfnis hätte … Bestimmt erwartet sie jetzt, dass ich JA sage, wenn ich aus dem Zelt komme. Oh NEIN!

Okay, eins nach dem anderen.

Nach dem Gespräch mit Papa bin ich direkt zu Indiane gegangen, um sie zusammenzufalten. Sie machte gerade Feuer und hatte eine Flasche zum Kühlen ins Wasser gelegt, die wie eine Sektflasche aussah, (sich aber glücklicherweise als Apfelcidre erwies!). Ehe ich mit meiner Schimpftirade loslegen konnte, lächelte sie mich supernett an, was mir augenblicklich den Wind aus den Segeln nahm. Ich versuchte es mit einem wütenden Blick, den sie mit einem totalen Waldoblick erwiderte. Eifrig, strahlend. Dann schlug sie den Blick nieder und lachte, verlegen irgendwie.

Sie sagte, dass sie mir was gestehen müsse. Unsere Papas wären auf einen ganz anderen Berg gestiegen. Und dass sie das gewusst hätte, aber sie wollte doch so gerne mit mir zelten gehen und war sicher, dass sie mich anders nicht zum Mitkommen überredet hätte.

»Du scheinst ja nicht so sonderlich an Outdoor-Aktivitäten interessiert zu sein«, sagte sie.

»Du hast mich angelogen«, sagte ich.

Das sollte hart und wütend klingen, mit einem Ausrufezeichen dahinter, stattdessen kam es sanft und freundlich rüber, fast ein bisschen dämlich, weil sich aus unerfindlichen Gründen mein Mund in einem breiten Grinsen verhakt hatte.

»Wir können natürlich wieder runtergehen, wenn du willst«, sagte sie. »Aber wäre es nicht ganz schön cool, im Zelt zu übernachten und bis in die Puppen über alles Mögliche zu reden? Ohne dauernd an unsere blöden Papas zu denken ...«

»Ich find's ziemlich kalt«, sagte ich. Die Sonne leuchtete zwar standhaft von dem blauen Himmel herunter, hatte aber jetzt am Abend nicht mehr viel Pepp.

»Dafür haben wir ja Schlafsäcke dabei«, sagte Indiane. »Und ich leihe dir gerne meinen Pullover.«

Jetzt sah sie mich wieder mit diesem speziellen Blick an, der so hinterhältig schön strahlte. Irgendwie fand ich sie ja schon ein bisschen nett.

»Es ist ganz schön weit nach unten, ich weiß nicht, ob wir das kräftemäßig schaffen«, sagte sie. »Aber das musst du wissen.«

Und an der Stelle betonte sie dann, dass ich ruhig ins Zelt gehen könnte, um in Ruhe zu schreiben und nachzudenken – falls ich das Bedürfnis hätte.

Und da sitz ich jetzt. Und denk über ihre Frage nach, die sie schwarz auf weiß in das Buch geschrieben hat. WILLST DU MIT MIR GEHEN?

Wenn ich Nein sage, ist sie bestimmt eingeschnappt, packt die Sachen zusammen und geht nach Hause.

Sage ich Ja, kriege ich Süßigkeiten und Apfelcidre und Kartoffelchips und kann die ganze Nacht aufbleiben. Mit ihr.

Was bedeutet das eigentlich, miteinander zu gehen? Frank war letzten Mai mit Nina zusammen. Ich glaub nicht, dass sie sich geküsst haben. Sie sind nie zusammen irgendwo rumgelaufen oder haben in den Pausen zusammen gestanden und geredet, höchstens ein paar Worte im Unterricht, weil sie direkt hinter ihm saß. Nach ein paar Tagen hat Nina bei Frank angerufen und gefragt, ob sie ihn besuchen kann. Was sie da gemacht haben, weiß ich nicht, weil Frank mich nach Hause geschickt hat, bevor sie kam. Noch ein paar Tage später, während wir Playstation spielten, sagte Frank unvermittelt, dass sie Schluss gemacht hätten. Sie hätten sich entfremdet.

Es ist also nicht ganz sicher, dass es weitreichende Konsequenzen hätte, wenn ich Ja sage. Vielleicht komm ich ja glimpflich davon. Aber! Ich darf nicht vergessen, dass Indiane im Internet gesurft hat. Auf *solchen* Seiten. Ich muss damit rechnen, dass sie das beeinflusst hat.

Sie ruft was von draußen. Ob sie das Feuer löschen oder mehr Holz nachlegen soll. Wenn wir runtergehen wollen, muss sie es natürlich löschen. Hilfe! Was soll ich antworten?

11. JULI. 09:07

Manchmal ist es das Schlauste, nichts zu sagen.

In der Beziehung muss ich Papa sogar recht geben.

Ich sitze vor dem Zelt. Indiane schläft noch. Und ich bin jetzt ein Mann.

Das hab ich grad beim Pinkeln festgestellt. Meine Blase war kurz vorm Platzen, ich konnte gar nicht schnell genug aus dem Zelt kommen. Nicht zu fassen, das hörte gar nicht mehr auf! Und welche Mengen. Vielleicht besteht da ja ein Zusammenhang. Jedenfalls hab ich es entdeckt, als ich da so stand und den langen, in der Sonne glitzernden Strahl beobachtete. Da unten. Mehrere Zentimeter lang. Merkwürdigerweise grau, aber dick und echt. Es saß ganz fest (ich hab dran gezogen, um sicherzugehen): das Haar. Mein erstes. Ich bin jetzt ein Mann.

Ich hab mir die Entdeckung immer irgendwie als Schockmoment vorgestellt. *Schluck*, sozusagen. Aber eigentlich fühl ich mich einfach nur gut, und ein bisschen stolz irgendwie. Das ist eher: *Yeah!*

Ich freu mich schon, Frank davon zu berichten.

»Nicht löschen!«, rief ich Indiane zu, krabbelte aus dem Zelt und setzte mich neben sie ans Feuer.

Sie lieh mir ihren Pullover und zog ein paar Grillstöcke aus dem

Rucksack, an denen wir zuerst Würstchen und zum Nachtisch Marshmallows grillten. Dazu gab es Apfelcidre, der im Mund bitzelte und kitzelte.

»Der hat 0,7 Prozent Alkohol«, sagte Indiane und stieß mit ihrem Plastikbecher an die Holztasse, die sie für mich eingesteckt hatte. »Wenn wir uns also irgendwie komisch fühlen, liegt das daran.«

Wir fühlten uns etwas komisch, was aber weniger am Cidre lag, schätze ich mal, sondern mehr daran, dass es Nacht und trotzdem hell war. Und wir hatten frei, ganz und gar papafrei und waren so weit ab von der Zivilisation, dass alles möglich und nichts verboten war. Obwohl wir mutterseelenallein waren, unterhielten wir uns flüsternd, als wollten wir niemanden wecken oder vermeiden, dass uns jemand zuhörte. Weil nämlich das, worüber wir redeten, definitiv nicht für fremde Ohren bestimmt war oder man normalerweise gar nicht darüber sprach, jedenfalls nicht mit Mädchen. Ich musste schwören, niemandem was davon zu erzählen, und das halte ich auch, aber so viel kann ich verraten, dass sie mir von allen Jungs erzählt hat, in die sie verliebt war (fünf oder sechs, irgendwann hab ich nicht mehr mitgezählt), und dann von den zweien, mit denen sie zusammen war (den einen hat sie sogar geküsst, aber nur AUF den Mund). Wir haben über alles Mögliche gesprochen, außer über die Frage, die sie in das Buch geschrieben hatte. Sie wollte beispielsweise wissen, wie Mama und Papa auf meinen Namen gekommen sind und da hab ich beschlossen, es ihr zu verraten. Unter der Bedingung, dass sie die Geschichte mit ins Grab nimmt. (Es gibt nur einen anderen Menschen, dem ich das jemals erzählt habe.)

»Im Jahr vor meiner Geburt haben Mama und Papa Campingurlaub in Schweden gemacht. Und sagen wir mal so, ich kann echt froh sein, dass Mama und Papa nicht in Jokkmokk übernachtet haben.«

Indiane lachte, ein schönes Lachen, sprudelig irgendwie, und ich machte weiter: »Stell dir mal vor, ich hieße Jokkmokk! Hallo, ich heiße Jokkmokk Ås, nennt mich einfach Jokk.«

Sie kippte vor Lachen gegen mich und musste ihren Kopf auf meiner Schulter abstützen.

Und ich hatte nichts dagegen.

Irgendwann war ich dann müde, jedenfalls sagte ich das, als sie mich fragte. Wir legten uns ins Zelt, das zu kurz war, um sich auszustrecken, also zogen wir den Reißverschluss so weit auf, dass wir die Füße rausschieben konnten. Obwohl die Schlafsäcke bis minus zehn Grad wärmen sollten und trotz Indianes Pullover war mir schnatterkalt. Glücklicherweise kannte sie einen Trick, sich warmzuhalten.

»Den Trick hast du aber hoffentlich nicht aus dem Internet, oder?«, flachste ich.

Sie wurde rot und sehr schweigsam.

»Und wie geht jetzt der Trick?«, fragte ich.

»Schwör, dass du sagst, wenn du nicht willst.«

Ich schwor, klipp und klar zu sagen, wenn ich nicht wollte. Danach verriet sie mir den Trick.

Und ich hatte gar nichts dagegen.

Und es wurde warm. Zu zweit in einem Schlafsack liegen hilft gegen Kälte. Das war der reinste Ofen. Irgendwann war uns so heiß, dass es gut tat, die Füße im Freien zu haben.

Das Blöde ist, dass man zu zweit in einem Schlafsack nur auf der Seite liegen kann. Man hat die Wahl zwischen Auge in Auge, Vorderseite an Rücken oder Po an Po. Wir haben alles durchprobiert. Als ich mit meiner Vorderseite an ihrem Rücken lag, bat sie mich, ihr einen Gefallen zu tun. Ihr Rücken juckte so. Also kratzte ich sie am Rücken. Als das nicht wirklich half, meinte sie, ob ich unter ihrem Shirt kratzen könnte? Und das hab ich gemacht.

»Danke«, sagte sie. »Ich hab ziemlich verkrampfte Muskeln vom Rucksacktragen. Würde es dir was ausmachen, mich ein bisschen zu massieren? Das tut bestimmt gut.«

Ich hatte keine Vorstellung, wie Massieren geht, aber ich knetete und drückte an verschiedenen Stellen rum und sie meinte, es würde helfen.

»Es reicht aber auch, wenn du nur darüber streichst.«

Und ich strich ihr über den Rücken, ganz leicht und vorsichtig.

»Aber nur auf dem Rücken«, sagte sie. »Vorne ist verboten!«

Ein Glück, dachte ich.

»Okay«, sagte ich.

Ich glaube, da hat sich was im Zelt bewegt.

Sie ist kurz wach geworden, als ich zum Pinkeln raus musste, hat sich aber einfach auf die andere Seite gedreht und weitergeschlafen.

Ich hab immer noch nicht auf ihre Frage geantwortet, die sie in das Buch geschrieben hat.

Aber das mach ich.

Vielleicht.

Später.

11. JULI, 23:33

Es ist viel passiert … Kaum zu glauben, dass wir heute Morgen noch auf dem Berg waren. Es kommt mir vor, als wäre das mehrere Tage her!

Ich sitze auf dem Plumpsklo. Ganz offiziell mit ernsthaften Magenproblemen. So ist es auch nicht verdächtig, wenn ich eine Weile hier hocke. Ich habe nämlich jede Menge zu berichten!

Wir sind den Morgen ruhig angegangen. Sind im flachen Wasser des eiskalten Bergsees rumgestapft und haben die restlichen Marshmallows aufgefuttert. Dann haben wir Flaschendrehen gespielt und vom anderen verlangt, ungewöhnliche Tiere zu imitieren wie Ameisenbär, Beutelratte und Pavian. Und danach haben wir unsere Zukunftsträume herausgebrüllt.

»STÜRMER BEI LIVERPOOL!«, schrie ich.

»AUSTAUSCHSCHÜLERIN IN DEN USA!«, rief Indiane.

»DISNEYLAND BESUCHEN!«, rief ich.

»MITKOMMEN!«, rief Indiane.

»REICH WERDEN!«, jubelte ich.

»MINISTERPRÄSIDENTIN WERDEN!«, rief Indiane.

»FÜR WELCHE PARTEI?!«

»MEINE EIGENE!«

Wäre uns der Proviant (also die Süßigkeiten) nicht ausgegangen, wären wir wahrscheinlich immer noch dort. Und vielleicht wäre das die beste Lösung gewesen. Mal abgesehen vom Regen, aber der kam erst später.

Ich rief Papa noch mal vom Gipfel aus an und erkundigte mich, ob bei ihm alles in Ordnung wäre.

»Äh ... ja«, sagte er.

»Wann soll ich nach Hause kommen?«

»Wann du willst.«

Das machte mich misstrauisch.

»Was machst du gerade?«

»Ich arbeite am Vorbau. Mit Roger. Wir streichen. Bleibt ruhig, solange ihr Lust habt.«

Damit legte er auf. Ich fand, dass er sich müde angehört hatte. Verschlafen.

»Wir müssen sofort nach Hause!«, rief ich Indiane zu.

Beim Abstieg war ich dann für eine Weile von Papa und Roger abgelenkt, weil Indiane und ich über alles Mögliche zwischen Himmel und Erde redeten. Ich hatte gar keine Lust, unten anzukommen, weil wir dann nicht mehr alleine waren. Darum trödelte ich ziemlich und legte viele Pausen ein. Und damit wir auch unten noch Zeit für uns hatten, schlug ich eine Angeltour vor, sobald wir wieder zu Hause waren. Schneller als erwartet erreichten wir den Punkt, von dem wir Papa und Roger unten auf dem Grundstück sehen konnten. Sie wuselten wie zwei fleißige Ameisen um den Vorbau herum.

»Glaubst du, Papa hat heute Nacht bei deinem Papa geschlafen?«, fragte ich.

»Wäre das schlimm?«

Ja, dachte ich, aber da ich nicht wollte, dass Indiane sauer wurde, zuckte ich nur mit den Schultern.

»Ich weiß es nicht.«

»Ich auch nicht«, sagte sie und lächelte. (Schon wieder dieses schöne Lächeln.)

Papa und Roger machten gerade ein Fechtduell mit den Malerpinseln, als wir das Grundstück betraten. Sie schlugen die Pinsel in der Luft gegeneinander, dass die Farbe nur so spritzte. Papa tauchte seinen Pinsel in den Farbeimer und rannte hinter Roger her, der über irgendwas stolperte und kopfüber im Gras landete. Papa holte ihn ein und bepinselte seinen Rücken, aber sobald Roger wieder auf den Beinen war, nahm er Papas Verfolgung auf.

Ich hätte darauf reagieren müssen. Papa war nicht der Typ, der andere mit Farbe vollschmierte. Im Gegenteil, er achtete immer extrem darauf, nicht mit tropfenden Pinseln rumzukleckern und reinigte sie nach dem Benutzen immer gleich mit Spiritus. Genau wie er normalerweise kein Fangen oder Wasserkrieg spielt. Das hat er ja noch nicht mal getan, als ich noch klein war, und jetzt noch viel weniger. Papa sitzt am liebsten ruhig in seinem Sessel und liest Zeitung oder sieht fern. Selbst bei einem Fußballspiel sitzt er aufrecht und mit vor der Brust verschränkten Armen da. Wenn er ganz aufgeregt ist, brummelt er ein leises »Ja!« oder »Lauf!«, aber ich hab ihn noch nie in Jubel ausbrechen erlebt, wie in dem Moment, als Roger den Pinsel nach ihm warf, er sich wegduckte und der Pinsel stattdessen die Garagenwand traf.

Das war definitiv nicht normal, ganz tief in meinem Innern war mir das schon klar. An dieser Stelle hätte ich eingreifen müssen, Papa mit mir in den Wohnwagen zerren. Hätte ich das nämlich getan, säße ich jetzt nicht hier mit vorgeschobenem Dünnpfiff auf dem Plumpsklo.

Als Indiane und ich mit unseren Rucksäcken auf der Schulter im Garten standen, hatte ich einfach nur gute Laune. Ich ließ mich von der ausgelassenen Stimmung mitreißen, fand es schön, dass Papa so gut gelaunt und aufgedreht und kaum wiederzuerkennen war. Es war aber auch wirklich witzig, als er da wie ein Irrer mit den Armen fuchtelnd und einem breitschultrigen, albernen Schwulen mit einer Vorliebe für französische Weine auf den Fersen durch den Garten rannte. Ich kriegte mich gar nicht mehr ein vor Lachen. Und Indiane auch nicht.

Papa verbarrikadierte sich im Plumpsklo. Roger trommelte gegen die Tür.

»Besetzt!«, rief Papa prustend von drinnen.

Roger schüttelte den Kopf und entdeckte dabei uns. Von einer Sekunde auf die andere änderte sich sein Gesichtsausdruck.

»Indiane!«, sagte er streng. »Ich kann nicht sagen, dass ich es in Ordnung finde, wenn du alleine mit einem Jungen auf dem Berg zeltest.«

»Hallo, das war ja nur Arvid«, sagte Indiane lachend, aber ziemlich unsicher.

»Wir haben echt nichts gemacht!«, fügte ich eilig hinzu. »So was tu ich nicht!«

Roger bohrte seinen Blick in mich, als wollte er meine Gedanken lesen. Das Risiko wollte ich lieber nicht eingehen und senkte den Blick. Wir hatten nur zusammen in einem Schlafsack gelegen, aber soweit ich es mitbekommen hatte, war das in der Familie Berg streng verboten.

»Und, habt ihr gut geschlafen?«, fragte Roger plötzlich in ganz anderem Ton. Aufziehend.

Ich schielte unsicher zu Indiane rüber. »Nicht besonders«, sagte sie mit einem schiefen Grinsen.

In dem Moment fing es an zu regnen. Ich sah es an Rogers T-Shirt, das plötzlich dunkle Flecken auf den Schultern und der Brust bekam, ehe sich die Tropfen gleichmäßig verteilten. Dann traf mich der erste Tropfen am Kopf.

Roger verzog den Mund zu einem Lächeln. »Das nächste Mal zeltet ihr im Garten, damit ich euch im Auge habe!«

Vom Plumpsklo schallte Discomusik nach draußen. ABBA, aus dem Film. Die Tür flog auf und auf der Schwelle stand Papa und schwang die Hüften. Die Discokugel drehte sich, die Lämpchen blinkten. Und der Regen trommelte aufs Dach.

Roger zögerte nicht lange, hüftschwingend und mit den Armen fuchtelnd tänzelte er die Stufen zum Plumpsklo hoch und presste sich in den kleinen Raum. Er und Papa tanzten wild da drinnen. Indiane und ich sahen uns an und lachten.

Roger winkte uns zu. »Kommt auch rein!«

Indianes Haare waren nass und glatt, ein paar Tropfen liefen über ihre Wangen. Sie zuckte mit den Schultern.

»Es sieht uns ja keiner«, sagte sie.

Wir schleuderten die Rucksäcke von uns, liefen zu dem Plumpsklo und quetschten uns hinein. Roger hob Indiane auf die Sitzbank, ich sprang selber hoch. (Um ein Haar wäre ich im Kackloch verschwunden, konnte aber im letzten Moment noch den Deckel draufkicken.) Papa machte die Tür zu, für eine schön schummrige und gemütliche Discostimmung und dann ging die Post ab. Wir hampelten und verrenkten uns, strampelten und stampften auf, so gut es in dem kleinen Raum eben ging. Wir drehten uns zueinander und sahen uns tief in die Augen, während wir aus voller Kehle *Money, money, money* sangen.

In dem Augenblick klopfte es an der Tür.

So wie jetzt. Und es ist die gleiche Person, die da und hier geklopft hat.

12. JULI. 09:13

Frank.

Das hört sich jetzt unglaubwürdig an, dass er völlig überraschend wie aus dem Nichts vor der Plumpsklotür steht, schon klar. Er meinte später, er hätte mehrmals versucht, mich zu erreichen. Aber wegen des Funklochs beim Zelten hab ich das Handy ausgeschaltet, um Akku zu sparen. Frank hat es immer und immer wieder probiert. Bis seine Mutter schließlich Papa angerufen hat, der meinte, Frank könne jederzeit kommen. In der ganzen Aufregung hat er dann völlig vergessen, mir davon zu erzählen.

Und jetzt stand also Frank vor der Plumpsklotür, mit einer Reisetasche in der Hand. Frisch vom Friseur, Militärschnitt, braungebrannt. Und mit offenem Mund.

Es hatte aufgehört zu regnen.

Auf der Einfahrt stand das Auto von Franks Mutter mit laufendem Motor. Sie hing aus dem offenen Fenster, eine Zigarette in der Hand. »Dann fahr ich jetzt, Frank?«

Ich stand in der Plumpsklotüröffnung, hinter mir dröhnte Discomusik. Roger und Indiane tanzten immer noch wie ein paar Irre. Papa hatte glücklicherweise den Ernst der Lage erkannt und aufgehört.

»Da bist du ja!«, stöhnte er außer Atem.

Indiane und ihr Vater rempelten gegeneinander und entdeckten im gleichen Moment Frank. Ich weiß nicht, was von beidem der Auslöser war, jedenfalls hörten sie mit der Hopserei auf – und brachen stattdessen in wieherndes Gelächter aus. Papa wurde direkt angesteckt. Die drei hinter mir kriegten einen Lachflash und vor mir stand Frank und glotzte.

Manchmal ist es das Schlauste, einfach nichts zu sagen. Aber in diesem Augenblick hätte ich sonst was für eine gute Erklärung gegeben. Mir fiel nichts ein.

»Ich hol dich dann am Sonntag wieder ab«, rief Franks Mutter und schnipste die Zigarette in einem Bogen durch die Luft. »Und wenn du länger bleiben willst, hab ich auch nichts dagegen.«

Frank fiel plötzlich wieder ein, dass er ein Kaugummi im Mund hatte, er kaute los wie bekloppt. Dann machte er auf dem Absatz kehrt und lief zurück zum Auto. Er beugte sich zum Fenster runter und diskutierte flüsternd mit seiner Mutter. Ich schnappte nur das Wort »morgen« auf, worauf seine Mutter entgegnete, sie wäre nicht die lange Strecke hier hoch gefahren, um sie morgen gleich nochmal zu fahren, und außerdem hätte sie schon andere Pläne. Sie wuschelte ihm mit der Hand durchs Haar, in der sie die Zigarette hielt. Ein paar Ascheflocken rieselten auf Frank herunter, die er schnell wegwischte. Seine Mutter winkte mir zu, setzte rückwärts zurück auf die Straße und fuhr los. Frank drehte sich zu mir und sah mich echt besorgt an.

Ich sah zu, dass ich aus dem Plumpsklo rauskam und schloss die Tür hinter mir, aber keine Chance. Die Musik verstummte und die anderen kamen ebenfalls nach draußen, um Frank zu begrüßen.

Ich ging die Stufen runter zu ihm. Er kam mir größer vor als bei unserem letzten Treffen und irgendetwas stimmte nicht mit seinem Gesicht, als wäre es mit Photoshop bearbeitet. Seine Kaumuskeln setzten sich wieder in Bewegung und er nickte zur Begrüßung.

»Da bist du also?«, war alles, was ich rausbekam.

»Ja, war das nicht so geplant?«, fragte Frank und schaute über meine Schulter zu Papa und Roger, wie ich glaubte, die im Chor »Hallo« sagten. Aber dann fing plötzlich eine ganz andere Stimme an zu reden.

»Und wer bist du?«, sagte Indiane mit dem typisch sauren, schnippischen Unterton, ungefähr so wie bei unserer ersten Begegnung.

Frank sagte ihr seinen Namen. Mit Nachdruck und selbstbewusst: »FRANK.«

»Du hast nicht gesagt, dass es hier *solche* gibt«, sagte er zu mir, während er Indiane ansah.

»Hast du was dagegen?«, fragte sie.

Er schüttelte den Kopf, grinste.

»Hast du vor … länger hier zu bleiben?«, sagte Indiane.

»Yes Sir!«, sagte Frank.

Seine Augen strahlten frech, als würde er gerade was aushecken. In meinem Bauch machte sich ein wunderbares Gefühl breit: Wir würden uns einen Haufen cooler Sachen einfallen lassen!

Ich konnte nur hoffen, dass das nicht auf Indianes Kosten war.

Das war kein guter Einstieg. Frank nervte mich die ganze Zeit wegen dem Chaos auf dem Plumpsklo.

»Das war ein ganz spontaner Einfall«, sagte ich. »Spielen wir Fußball?«

Er ließ nicht locker. »Ihr habt echt getanzt? Auf dem Klo?«

Und dann grinste er. Verzerrt irgendwie. Die oberen Eckzähne sahen aus wie Reißzähne.

Indiane stand mit verschränkten Armen und zusammengekniffenem Mund da. Papa und Roger sammelten die kreuz und quer herumliegenden Pinsel ein und natürlich sah Frank sofort, dass ihre Kleider voller weißer Flecken waren.

»Habt ihr etwa auch Farben-Krieg gespielt?«

»Arvid*sjaur*«, sagte Indiane eingeschnappt. »Wollten wir nicht Angeln gehen?«

Frank sah Indiane an und zog lässig cool eine Augenbraue hoch.

»Meinetwegen«, sagte er.

Da beschloss ich, ihn mir zu schnappen.

Ich griff nach seiner Jacke und drehte mich blitzschnell um, um ihn zu Boden zu werfen, wie ich es von Indiane gelernt hatte.

Aber Frank war schwerer, als ich es in Erinnerung hatte, oder er hatte im Urlaub zugelegt. Ich hob ihn gerade mal ein paar Zentimeter vom Boden hoch, bevor mich seine Tasche traf und fast umwarf.

»Ey, lass mich los!«, sagte er. Aber das sagt er immer, wenn wir zum Spaß kämpfen. Er tat so, als wollte er nicht, wand sich, schlug und trat nach mir, aber das gehört zum Spiel dazu. Wenn wir erst richtig in Gang gekommen waren, fand er es genauso lustig wie ich, besonders wenn ich ihn die Oberhand gewinnen ließ.

Ich probierte es mit einem alten Trick: Seine beiden Arme festhalten und gegen den Körper drücken, während ich ihn von den Beinen hole. Aber ich kriegte ihn nur halbwegs zu Fall, er stolperte über den Kies und entkam mir. Als er sich zu mir umdrehte, schossen Flammen aus seinen Augen. Er stapfte auf mich zu.

»Na, endlich willst du dich prügeln!«, sagte ich lachend.

Er trat mir die Beine unterm Körper weg, warf mich zu Boden, setzte sich rittlings auf mich drauf und hielt meine Hände fest. Ich wand mich, um loszukommen, aber er hielt mich so fest, dass ich keinen Millimeter weit kam, wie sehr ich mich auch drehte und wand. Ich verstand die Welt nicht mehr. Normalerweise gewann ich immer.

»Ich bin in den Ferien gewachsen«, sagte er grinsend.

Es gab verschiedene Arten von Grinsen. Dieters Grinsen, zum Beispiel, das speziell dieterig war. Franks Grinsen sieht irgendwie vampirig aus, weil die oberen Eckzähne ein bisschen spitz sind. Das Grinsen hat mir eigentlich immer gut gefallen. Aber hier und jetzt war es mir fast ein bisschen unheimlich. Als offenbarte es eine ganz neue und gefährliche Seite von ihm.

Ich packte zu, so fest ich nur konnte, aber er behielt die Kontrolle. Volle Kontrolle.

Ich weiß nicht, was mit mir los ist. Vielleicht habe ich ja zu viel Zeit mit Indiane verbracht? Oder ich habe zu viel gepennt und im Schlaf meine Kräfte verbraucht?

»Ich muss dich zwischendurch schließlich auch mal gewinnen lassen«, sagte ich und versuchte zu lachen.

Sein Vampirgrinsen verzog sich zu einer Grimasse.

»Als ob du dich aus dem Griff befreien könntest!«

Er verstärkt den Griff um meine Handgelenke.

»Könnte sein, dass das heute schwierig ist«, sagte ich. »Ich bin ziemlich kaputt.«

»Alles klar«, sagte er. »Dann befrei dich, wenn du dich wieder erholt hast.«

Ich blieb auf dem Boden liegen, ohne Widerstand zu leisten. Er drehte sich zu Indiane um.

»Du hast einen coolen Namen«, sagte er.

»Das Gleiche würde ich gerne über deinen sagen«, konterte sie. »Frank ist ein schöner Name, viele coole Leute heißen so.«

»Ja, genau, zehntausende heißen so.«

»Spielst du Fußball?«, fragte er.

Sie schüttelte den Kopf.

»Aber du angelst gerne?«

Sie nickte.

Es war, als wäre ich Luft. Frank unterhielt sich mit ihr und interessierte sich überhaupt nicht dafür, dass ich unter ihm lag. Die Gelegenheit nutzte ich aus und schaffte es fast, meine Hände zu befreien, aber er war stärker und zwang sie wieder in den Kies.

»Abstechen oder Genick brechen?«, fragte er.

»Hä?«, fragte Indiane.

»Bei den Fischen«, sagte er.

»Abstechen«, sagte sie.

»Ich breche ihnen das Genick«, sagte er. »Das geht immer noch am schnellsten.«

Ich schaute Indiane an. Versuchte, Augenkontakt zu ihr aufzunehmen, damit sie mir helfen konnte. Aber Indiane sah mich nicht, sie starrte Frank an. Dann drehte sie sich abrupt um und lief ins Haus.

Frank rührte sich nicht von meinem Brustkasten.

»Na, ist es wieder so weit?«, sagte Papa von dem Wohnwagenvorbau.

»Wir haben einiges nachzuholen«, sagte Frank. Dann beugte er sich zu mir runter und flüsterte mit heiserer Stimme: »Willst du dich nicht befreien?«

»Gerade nicht.«

Frank lockerte den Griff ein wenig, aber nur, um mich zu provozieren. Sobald ich die Hände bewegte, griff er wieder fester zu.

»Du scheinst heute echt verdammt müde zu sein«, sagte er.

Ich blieb lange auf dem Boden liegen mit Frank, der auf mir drauf hockte.

Papa und Roger diskutierten, was es zu essen geben sollte. Ich mischte mich ein und sagte, dass Frank und ich Pizza im Wohnwagen essen und Filme gucken wollten. Papa wollte wissen, ob Indiane dabei wäre, worauf ich meinte, dass Frank und ich uns so lange nicht gesehen hätten, dass wir ein bisschen Zeit für uns alleine bräuchten.

»Aha«, sagte Papa.

Und die ganze Zeit hockte Frank auf mir drauf und sagte nichts.

Dann furzte er. Worauf ich ihn aufforderte, sofort aufzustehen. Es gibt Grenzen.

»Ich muss eh scheißen«, sagte er und ging zum Plumpsklo. Gleich darauf vibrierten die Holzwände von dröhnenden Discorhythmen.

Als wir mit dem Boot zum Angeln rausfuhren, war Frank wieder der Alte. Vielleicht, weil Indiane nicht dabei war. Ich hatte gesagt, sie könnte nicht mit, weil sie den Abwasch machen müsste. »Gut, dann wird das eine reine Männertour«, sagte Frank.

Sein Grinsen war wieder das vertraute, schiefe Lächeln und der Unterton in seiner Stimme wieder okay kumpelhaft. Er erzählte von den Ferien im Süden, die in mehrfacher Hinsicht historisch waren. Der wärmste Sommer ever. Der geilste Strand anywhere. Und die welthübschesten Mädel.

»Ich muss dir unbedingt ein paar Bilder auf meinem Laptop zeigen!«, sagte er.

Indiane hatte mir einen Platz an einer Flussmündung gezeigt, wo sie fast immer was fing. Dort ruderte ich jetzt hin, weil Frank sich vor Freude fast überschlägt, wenn er einen Fisch fängt. Es biss auch sofort was bei ihm an. Aufgeregt zog er den zappelnden Fisch ins Boot. Die Beine breit auf den Boden gepflanzt hielt er den Fischkörper mit einer Hand fest und bog den Kopf nach hinten, bis es knackte. Ein paar Tropfen Blut spritzten auf seine Hose und der

Fisch tat seinen letzten Zucker. Aber das schien Frank noch nicht zu reichen. Mit einem Ächzen riss er den kompletten Kopf ab.

»Jetzt ist er tot«, sagte er und legte Fisch und Kopf auf den Bootsboden. Dann beugte er sich über die Bordwand und wusch die blutverschmierten Hände im Wasser.

»Wieso hast du eigentlich nichts davon gesagt, dass es hier ein Mädchen gibt? Das noch dazu ziemlich hübsch ist.«

Das kam etwas überraschend für mich. Indiane hübsch?

»Sie?!«, fiel es mir aus dem Mund.

Frank drehte sich zu mir um und lächelte mich an.

»Na ja, jedenfalls solange sie den Mund zuhat und das Zäpfchen nicht zeigt«, sagte er. »Aber stimmt ja, du erkennst ja nicht, was hübsch ist. Du bist ja noch nicht in der Pubertät, du Armer!«

Und dann lachte er.

Ich teilte ihm mit, dass ich jetzt auch in der Pubertät war.

»Seit wann?«

»Seit heute.«

Da lachte er noch lauter.

Weshalb ich ihm nichts von dem Haar erzählte.

Später im Wohnwagen sah ich mir die Fotos aus dem Süden an. Nicht eine Wolke am Himmel, Sonne, türkisblaues Wasser mit weißen Schaumkronen. Und massenweise Mädchen. Obwohl ein paar von ihnen wohl eher schon Frauen waren. Sie sonnten sich in Bikinis, liefen durchs flache Wasser oder spazierten mit wehenden Haaren am Strand entlang.

Die Fotos waren aus merkwürdigen Winkeln aufgenommen, schräg von unten oder oben. Wie aus der Hüfte geschossen. Und meistens aus großer Entfernung.

»Und die hast du wirklich alle kennengelernt?«, fragte ich.

»Ja, klar!«, sagte Frank. »Einige waren aber etwas schüchtern und wollten nicht fotografiert werden.«

»Aha«, sagte ich und dachte mir meinen Teil.

Papa kam zu uns und wollte auch Urlaubsbilder sehen (er vermisste den Süden, meinte er), aber Frank klappte eilig den Laptop zu. »Komm, gehen wir raus!«, sagte er.

Gestern beim Schreiben hat Frank mich mit dem Laptop unterm Arm auf dem Plumpsklo besucht. Er schloss die Tür ab und setzte sich auf den freien Klodeckel, den Rechner auf dem Schoß. Er klickte sich zu einer supergeheimen Datei durch, die er so unlogisch abgespeichert und versteckt hatte, dass seine Mutter sie niemals finden würde. Die dort gespeicherten Fotos waren nicht aus dem Urlaub im Süden und nicht aus der Realität. Er hatte sie aus dem Internet runtergeladen. Danach begann er mit einer ausführlichen Einführung in das Thema »hübsche Frauen«, die erstaunlich interessant war. Und kompliziert. Da spielen viele Dinge mit rein, erklärte er. Die Haare, zum Beispiel, und da nicht nur die Frisur, sondern auch die Farbe, ob es glänzt und das Gesicht günstig oder ungünstig hervorhebt. Im Gesicht gab es unendlich viele Bewertungspunkte. Die Nase, ihre Form und Größe, das proportionale Verhältnis zwischen Nase und Augen, die Augenform und ihre

Farbe. Die Form, Farbe und Dichte der Augenbrauen spielten auch eine nicht unwesentliche Rolle. Und natürlich der Mund. Kussmund oder Froschmaul. War das Kinn spitz und sexy oder rund und süß. All diese Dinge nur im Gesicht, da war man in den unteren Regionen noch gar nicht angekommen. Schultern und Knie und Zehen, Bauch und Arme. Es gab keine feste Regel, dass groß gut oder dünn schön war. Das war ein ganz schön kompliziertes und fein abgestimmtes System, in dem alles irgendwie mit allem zusammenhing.

»Aber weißt du, was das allerallerwichtigste Kriterium ist?«, fragte Frank und sah mich mit seinem schiefen, guten Lächeln an.

»Die Titten?«, fragte ich.

»Klar, Titten sind wichtig«, sagte er. »Da hast du recht. Aber das Allerallerwichtigste, das dir mit hundertprozentiger Sicherheit sagt, ob eine Frau toll ist – das ist die Wirkung, die sie auf dich hat. Wenn du in der Pubertät bist, natürlich.«

»Ich *bin* in der Pubertät!«

»Das merkst du, tief in dir drin, wenn du eine richtig tolle Frau siehst. Da musst du nicht mehr überlegen, du weißt es einfach.«

»Inwiefern?«

Frank dachte nach und kriegte einen verträumten Blick.

»Das ist so ein Kribbeln ... und ein Ziehen im Bauch, Kohlensäure im Blut, ein ganz irres Prickeln und Ganzkörperfreude. Hast du dich schon mal so gefühlt?«

Ich zögerte. Frank sah mich so strahlend an, dass ich ihn nicht enttäuschen wollte. Ich nickte.

»Welches Foto?«, fragte er.

Ich suchte mir ein zufälliges Bild heraus und wurde augenblicklich unsicher. Was, wenn sie nicht toll war?

»Ja, die ist toll«, sagte Frank. Ich war erleichtert.

Danach zeigte er mir alle, die er toll fand. Das waren ziemlich viele. Und bei jedem Bild wollte er wissen, ob ich ihm zustimmte. Und ich stimmte ihm zu, bis auf ein oder zwei Ausnahmen, weil ich nicht wie Waldo sein wollte.

Nach einer Weile fragte Frank plötzlich ganz beiläufig: »Wo geht dein Vater eigentlich so spät abends noch hin?«

»Hä?«, sagte ich.

»Er ist vorhin rausgegangen und nicht zurückgekommen.«

Mein Kopf glühte. War Papa zu Roger gegangen?

»Hat er Depressionen?«, fragte Frank. »Weil deine Mutter abgehauen ist? Das haben viele. Papa auch. Er hat ein Jahr lang jeden Tag ewig lange Spaziergänge gemacht.«

»Ähm«, sagte ich zögernd. »Er war in letzter Zeit nicht ganz er selbst.«

Frank legte eine Hand auf mein Knie.

»Das wird schon wieder«, sagte er.

Ich hatte ein bisschen das Gefühl, dass mein Knie leicht kribbelte. Aber wahrscheinlich war das nur einer dieser juckenden fiesen Mückenstiche.

PS.: Als wir in unsere Schlafsäcke krochen und das Licht ausmachten, war Papa immer noch nicht wieder zurück. Frank murmelte, dass es aber schon seltsam wäre, dass Papa ohne Waldo losgegangen wäre, der auf seiner Decke vor sich hin schnorchelte. Ich tat so, als hätte ich ihn nicht gehört, und drehte ihm den Rücken zu, produzierte tiefe Schlafgeräusche und stellte mich schlafend.

Aber so schnell ließ Frank nicht locker und rüttelte mich unsanft an der Schulter.

»Dein Papa ist immer noch nicht wieder zurück«, sagte er. »Hoffentlich ist ihm nichts zugestoßen?«

Und so nervte er weiter. Ob ich sicher war, dass Papa keine schwere Depression hatte? Nahm er Tabletten? Hatte er jemals von Selbstmord gesprochen?

Ich musste mir dringend was einfallen lassen.

»Alles in Ordnung. Ich hab vorhin eine SMS bekommen«, sagte ich und gab mir Mühe, ganz gelassen zu wirken. »Er schläft bei Indiane und denen.«

Ich sagte mit Absicht »Indiane und denen«. Damit er gar nicht erst auf dumme Gedanken kam.

»Im Gästezimmer«, schob ich eilig hinterher. »Damit wir den Wohnwagen für uns haben und uns ausbreiten können.«

Ich hielt die Luft an, während ich auf seine Reaktion wartete. Frank durfte auf keinen Fall erfahren, dass Papa neuerdings schwul geworden war.

Ich hörte das Kissen rascheln, als er sich hinter mir wieder hinlegte.

»Das ist ja nett von ihm«, sagte er.

PS.: Das war gestern Abend. Frank schläft noch. Ich werde ihn jetzt wecken. Heute ist Shortswetter – vielleicht können wir ja baden?

PPS.: Frank hat das Zelt vergessen. Überlege, ob ich Roger Berg fragen soll, uns seins zu leihen.

12. JULI. 18:55

Was für ein Scheißtag. Ein Tag für die Tonne.

Es fing damit an, dass Frank sich weigerte aufzustehen. Er drehte sich einfach um und pennte weiter. Ich nahm den Fußball und ging raus auf den Rasen. In der Hoffnung, dass das Geräusch des gedribbelten Fußballs eine verlockende Wirkung hatte. Aber nein, er schnarchte weiter.

Die Chance nutzte Indiane, um zum Meckern rauszukommen. *Warum hast du nicht gesagt, dass du Besuch kriegst? Wieso hast du mir nichts von ihm erzählt? Willst du heute auch den ganzen Tag mit ihm alleine unterwegs sein? Bin ich plötzlich Luft für dich?*

Ich war voll auf den Ball konzentriert, darum konnte ich nicht antworten. Das hätte sie eigentlich sehen müssen. Aber plötzlich trat sie mit Wucht gegen den Ball und schoss ihn auf den Acker.

»Was soll das?«, rief ich hinter ihr her, als sie ins Haus stapfte und die Tür hinter sich zuknallte. Die Frage, ob unsere Papas schon wach waren, wurde ich gar nicht mehr los.

Als Frank endlich aus dem Wohnwagen kam, hatte ich meinen persönlichen Dribbelrekord dreimal gebrochen und langweilte mich zu Tode. Ich spielte Nintendo, als plötzlich die Tür aufflog und Frank vornübergebeugt an mir vorbeirannte. Er stellte sich an den Ackerrand und pinkelte. Nach einer Weile richtete er sich erleichtert auf. In dem Augenblick kamen Papa und Roger aus dem Haus geschlendert, zum Glück weder in Bademänteln noch nur in Unterhose, wie ich erleichtert feststellte. Aber dann wurde mir klar, dass zwei erwachsene Männer in identischen Kondomtrikots auch nicht ganz sauber aussahen. Speziell Papa mit seinem Kugelbauch. Roger hatte ziemlich zerwuselte Haare, aber Papa mit seinen wenigen Haaren sah fast ordentlich frisiert aus. Sie holten ihre Rennräder aus der Garage und Frank gaffte sie von seinem Pinkelplatz an (er hat eine unglaublich große Blase). Ich war mir nicht ganz sicher, ob sein Glotzen Papas Trikot geschuldet war oder dem Anblick der beiden zusammen. Er stand jedenfalls noch eine Weile mit dem Schniedel in der Hand da, als die Blase längst leer war, und glotzte den beiden hinterher, bis sie sich auf ihre Räder geschwungen hatten und nicht mehr zu sehen waren.

Ich hielt es für das Beste, ihn abzulenken und holte den Ball. »Spielen wir?«, fragte ich.

Er schüttelte den Schniedel und schob ihn zurück in die Shorts.

»Nein, lieber baden.«

Gute Idee, dachte ich, bis er sagte, ich sollte Indiane fragen, ob sie mit wollte. Die Idee fand ich gleich gar nicht mehr so gut.

»Nein, keine Mädchen«, sagte ich.

»Doch«, sagte er mit schiefem Grinsen. »Das macht mehr Spaß!«

»Ich weiß nicht ...«

Er schnappte sich den Ball.

»Jetzt sei doch nicht so unsozial!«

Also war ich sozial. Während Frank hinter mir mit dem Ball rumtrickste, klingelte ich bei Indiane. Nach einer halben Ewigkeit

Warten und zwei weiteren Klingelversuchen kam sie endlich und öffnete die Tür einen Spaltbreit und funkelte mich wütend an. Ihre Mundwinkel waren schmollend heruntergezogen und sie hielt die mit dem Schwanz wedelnde Lady am Halsband fest. Irgendwo hinter mir fing Waldo an zu winseln und zu bellen. Zum Glück war er ordentlich am Wohnwagen angebunden. Das Reiskorn hatte nicht viel gebracht.

»Kommst du mit baden?«, fragte ich.

Indianes Augen verengten sich.

»Mit *dir*?«

»Mit uns.«

Sie schaute zu Frank rüber, der weiter in einem gleichmäßigen Rhythmus dribbelte. Ich beugte mich zu Indiane vor, die jäh zurückwich, als wäre ich ihr auf die Zehen getrampelt.

»Sag nicht, dass dein Papa schwul ist«, flüsterte ich.

Indiane funkelte mich an.

»Er hat Vorurteile«, sagte ich.

»Er?!«

Indiane ging mit. Lady auch. Da brachte ich es nicht übers Herz, Waldo alleine zurückzulassen. Seine Zunge hing bis auf den Boden und er geierte hinter Lady her, die neben Indiane und Frank über den Kiesweg trottete. Aus Rücksicht auf Lady hielt ich einen Sicherheitsabstand zu den dreien, sodass ich leider nicht mitbekam, worüber Indiane und Frank sich unterhielten. Die meiste Zeit redete Frank und ich hoffte inniglich, dass es keine Schwulenwitze waren. Er lief breitbeinig und aufrecht und wedelte beim Reden mit der Hand in der Luft herum. Die Tasche mit den Badesachen schlug mit jedem Schritt gegen sein Knie. Frank hat ziemlich kräftige Beinmuskeln, echte Fußballerwaden. Auf denen auch schon Haare wachsen, der Glückspilz.

An der Haarfront hatte sich auch an anderer Stelle viel getan, wie ich kurz darauf bezeugen konnte. Am Fluss angekommen, verschwand Indiane mit Lady zwischen den Bäumen, um sich umzuziehen. Frank drehte sich zu mir um, zog das T-Shirt über den Kopf und Shorts und Boxershorts in einem Schwung nach unten. Ich bekam einen Schock. Das war der reinste Dschungel da unten. Und die Palme war auch gewachsen, seit ich sie das letzte Mal gesehen hatte. Ich stand glotzend da. Krass. Neben mir stand Waldo und wedelte mit dem Schwanz.

»Noch nie einen nackten Mann gesehen?«, sagte Frank, richtete sich auf und stemmte die Arme in die Seite. Ich beeilte mich, meinen Blick auf was anderes am anderen Ufer zu richten. Im Augenwinkel sah ich, wie er die Badehose anzog und das Bündchengummi laut flitschen ließ.

Ich sah mich nach einem Busch um, hinter dem ich mich umziehen konnte, schlüpfte eilig aus Shorts und Unterhose und zog die Badehose über. Dabei kontrollierte ich kurz, ob das Haar noch da war. (Ich hatte Frank nichts davon gesagt, wollte eine passende Gelegenheit abwarten.)

Aber Frank interessierte sich überhaupt nicht für mich, wie sich herausstellte. Er hatte nur Augen für Indiane.

»Schöner Badeanzug!«, sagte er, als sie aus dem Gebüsch kam. Dabei war das ein ganz normaler Badeanzug mit weißen Streifen an der Seite, wie ihn mindestens die Hälfte der Mädchen in unserer Klassen hatte.

Als sie ans Ufer kam, spritzte er sie mit Wasser nass.

»Neiiin!«, quietschte sie total un-indianisch.

Ich lief vorsichtig über die spitzen Steine in das eiskalte Wasser, bis ich so nah an Frank dran war, dass ich ihn nass spritzen konnte.

»Lass das!«, raunzte er mich an und spritzte weiter Indiane nass.

»Brrrr«, lachte sie. »Ist das kalt!«

Aber dann war es doch nicht zu kalt, um bis zum Bauchnabel hineinzuwaten und loszuschwimmen. Okay, sie kreischte dabei wie ein kleines Kind, das durchgekitzelt wurde, und strampelte eine Wasserfontäne los. Aber wenn es tatsächlich so schrecklich war, wie es sich anhörte, hätte sie ja nur zurück an Land schwimmen müssen. Stattdessen schwamm sie flussaufwärts Richtung See. Zusammen mit Frank. Ohne einen Gedanken an Lady, die von ihr verlassen am Ufer saß und sehnsüchtig hinter ihr her schaute.

Frank ließ sich widerstandslos verführen. Er nutzte jede Gelegenheit, mit Mädchen anzubändeln, zu Wasser und zu Land. Und es kümmerte ihn nicht die Bohne, dass Waldo an seinen Baum festgebunden winselte und ich ihn unmöglich alleine lassen konnte.

Also ging ich zurück an Land und versuchte, Waldo zu trösten. Er legte sich auf den Rücken, damit ich seinen Bauch ausführlich kraulen konnte.

Frank und Indiane schwammen immer weiter und verschwanden um die Kurve.

Sie waren lange weg. Die Sonne brannte auf meiner Haut, Insekten umschwirrten mich und ließen sich nicht vertreiben. Irgendwann gesellte sich Lady zu uns und wollte auch gekrault werden. Ich hielt Waldo vorsichtshalber am Halsband fest. Er beschnupperte sie aufgeregt und Lady beschnupperte ihn, aber nach einer kurzen Begrüßung legten sich beide für ein paar Streicheleinheiten auf den Rücken. (Endlich, das Korn im Nacken schien zu wirken!) Wir drei hätten es eigentlich richtig gemütlich zusammen haben können. Und ich fror mir wenigstens nicht den Arsch im kalten Wasser ab. Aber mit jeder Minute, die verging, sackte meine Laune mehr in den Keller. Frank ist *mein* Freund. Indiane kann nicht einfach daherkommen und ihn mir wegschnappen.

Ich war nass geschwitzt und verbrannt, als sie endlich zurückkamen. Indiane hatte blaue Lippen und schlotterte am ganzen Körper, als sie aus dem Wasser stieg. Geschah ihr recht.

Ich nahm Franks Handtuch und brachte es ihm.

»Arschkalt!«, bibberte er und riss es mir aus der Hand.

»Gehen wir?«, fragte ich.

»Nein, jetzt sonnen wir uns!«

Ich hab noch nie erlebt, dass Frank sich gesonnt hat. Er kann nicht still sitzen und schon gar nicht ausgestreckt auf einem Badetuch liegen und nichts tun. Frank will Action. Und irgendwie bin ich davon ausgegangen, dass er an Action dachte, als er sich neben

Indiane legte. Gleich würde er Indiane durchkitzeln oder an ihrem Schulterträger ziehen und ihn klatschend auf ihre Haut flipsen lassen.

Ich legte mich erwartungsvoll neben ihn.

Und war ziemlich erstaunt, dass nichts passierte. Absolut gar nichts. Er lag einfach nur da und sagte nicht mal was. Indiane auch nicht. Es war schon peinlich still. Ich musste irgendwas sagen.

»Seid ihr weit geschwommen?«, fragte ich.

»Oh ja!«, sagte Frank.

»Viel weiter als unsere Papas neulich«, sagte Indiane.

Ich wurde nervös. Hoffentlich hatte sie Frank nichts von der Nacktbadeaktion erzählt.

»Apropos«, sagte Frank. »Kennst du den? Es war einmal ein Fernfahrer, der auf den langen Touren gerne sang: *Ich heiße Tom und fahre nach Bonn, ich heiße Tom und fahre nach Bonn* ...«

Oh nein, ich bekam heiße Ohren und das lag nicht am Sonnenbrand. Den Witz hatte ich mindestens schon zehnmal gehört und ich wusste, wie er endete.

»Der ist alt!«, sagte ich laut.

»Ich hab ihn noch nicht gehört«, sagte Indiane.

»Doch, bestimmt, der ist echt uralt«, sagte ich.

»Klappe, ich erzähl ihn jetzt!«, sagte Frank.

Ich warf Indiane einen mitfühlenden Blick zu. Aber sie hatte eine Sonnenbrille auf und ich konnte nicht erkennen, wie sie reagierte. Frank plapperte drauflos von Tom, der nach Bonn wollte und unterwegs DIE Tramperin am Straßenrand sieht. Er hält an und nimmt sie mit. Nach einer Weile fragt er, ob sie Lust hätte anzuhalten und DAS zu machen, und sie hat nichts dagegen. Aber sie hätte ihre Tage, darum müsste er es weiter hinten machen.

»Während sie so zugange waren, sang er wieder *Ich heiße Tom und fahre nach Bonn*«, sagte Frank. »Und als sie fertig waren, sagte die Frau ...« Wie immer vor der Pointe legte er eine lange Pause ein und machte seine Stimme extra tief und rau. »Ich heiße übrigens Jan und bin ein verkleideter Mann.«

Es war still. Eine Sekunde, vielleicht zwei. Indianes Mundwinkel zuckten. Ich wollte gerade verächtlich schnaufen, um zu demonstrieren, wie dämlich ich den Witz fand. Aber da begann Indiane zu lachen. Schallend. Sie kriegte sich gar nicht mehr ein.

Und Frank lachte leise und zufrieden vor sich hin.

Ich musste Frank irgendwie von Indiane loseisen, so viel stand fest. Ich bin ja nicht komplett blöde.

Ich schlug eine Zelttour vor. Angeln. Wir könnten ja den Laptop mitnehmen und einen Film gucken. Nur wir zwei, ganz alleine in der Wildnis. Aber Frank wollte UNBEDINGT bei dem Familienessen dabei sein.

»Was für ein Familienessen?«

»Es gibt Tacos!«, sagte er. »Mein absoluter Favorit!«

Diese Unterhaltung fand im Wohnwagen statt. Papa saß draußen, trank Kaffee und las. Und belauschte uns.

»Stimmt, da müsst ihr dabei sein«, mischte er sich ein. »Damit Indiane nicht wieder alleine mit uns ist.«

Vergiss nicht, wessen Vater du bist, dachte ich. Ist es etwa besser, dass ich alleine bin?

Ich sah Frank an.

»Indiane ist nicht an dir interessiert, falls du das glaubst.«

»Ich *glaube* gar nichts«, sagte Frank mit seinem Vampirgrinsen.

Was wollte er damit sagen? War was passiert, nachdem sie zusammen um die Ecke geschwommen waren? War Indiane etwa nicht mehr an mir interessiert? Nicht dass mir das was ausmachen würde. Unsere Bergtour ist schon so weit weg und verblasst, als hätte ich es nur geträumt. Aber ihre Frage steht schwarz auf weiß in diesem Buch: »Willst du mit mir gehen?« Und man kann doch nicht an einem Tag so was schreiben und zwei Tage später mit einem anderen Typen durch die Gegend schwimmen und sich sonnen. Oder ihn in sein Zimmer einladen. Wie sie es nach dem Baden gemacht hat.

»Hast du Lust, dir mein Zimmer anzugucken?«, hat sie Frank gefragt.

»Meinetwegen«, hat er geantwortet.

»Ich bring nur kurz mein Badezeug weg«, sagte ich.

»Du kennst mein Zimmer ja schon«, sagte Indiane knapp und Frank warf mir seine Tasche zu. »See you later, funny waiter!«, sagte er.

Alle sollten bei der Essensvorbereitung helfen. Das war Rogers Idee. Papa stand am Herd und briet Hackfleisch. Dazu »testete« er schon mal den Rotwein, wie er meinte. Ziemlich ausgiebig für meinem Geschmack. Roger stand neben ihm und hackte in affenartiger Geschwindigkeit Zwiebeln, zwischendurch wischte er sich die Tränen mit einem Geschirrtuch ab. Ich schnippelte Gurken am Küchentisch und auf der anderen Seite standen Indiane und Frank und rieben im Teamwork Käse. Sie hielt die Reibe und Frank rieb den Käse hin und her. Sie standen so dicht zusammen, dass sie sich hätten küssen können.

»Es ginge schneller, wenn jeder was machen würde«, sagte ich. Sie taten so, als hätten sie mich nicht gehört.

An der Arbeitsbank stießen Papa und Roger ständig zusammen, wenn Roger irgendwas holte. Zum Glück stand Frank mit dem Rücken zu ihnen und bekam nicht mit, dass Roger Papas Glas nahm und daraus trank. Bäh, wie ekelig!

Vor lauter Nervosität zerhackte ich die arme Gurke brutal in kleine Fitzel. Frank schaute fragend auf mein Schneidebrett, dann sah er mich an. Das war zumindest besser, als wenn er Indiane oder unsere Papas anguckte. Das Problem war, dass ich in dem Augenblick zu den beiden schaute, was Frank sofort bemerkte. Er folgte meinem Blick und sah dann wieder mich an. Ich strengte mich an, nicht rot zu werden, was mir nicht gelang. Das hat er gesehen, da bin ich ziemlich sicher. Auf seiner Stirn bildete sich eine verwunderte Falte und er drehte sich erneut zu Papa und Roger um. Zum Glück war Roger gerade auf dem Weg zum Kühlschrank.

Ich meldete mich freiwillig zum Tischdecken. Als erste Maßnahme nahm ich Papas und Rogers Weingläser und platzierte sie diagonal versetzt an zwei Tischseiten, damit sie nicht nebeneinander oder voreinandersaßen. Und jeweils daneben stellte ich Franks und Indianes Gläser, aus denen sie Apfelschorle getrunken hatten. Kaum war das erledigt, schnappte Roger sich auch schon sein Glas, trank einen Schluck und drehte eine Runde, um etwas von der Arbeitsplatte zu holen. Auf dem Rückweg stellte er das Glas direkt neben Papas. Frank signalisierte mir mit einem lauten Räuspern, dass er neben Indiane sitzen wollte, das war so abgesprochen. Ich versuchte, Blickkontakt zu Indiane zu bekommen. Sie sah mich und ich nickte in Papas und Rogers Richtung und schnitt Grimassen, worauf sie nur verständnislos die Augen verdrehte. Wollte sie, dass Frank was mitbekam? Oder raffte sie wirklich nichts?

Ich schaufelte das Essen in mich rein, wollte es so schnell wie möglich hinter mich bringen. Indiane aß langsam, nervtötend langsam. Frank futterte schnell und effektiv, wie gewohnt. Papa und Roger waren ganz ins Gespräch vertieft. Sie waren so mit Erzählen und Anstoßen und Trinken beschäftigt, dass es Ewigkeiten dauerte, bis sie ihre Taco-Shells gefüllt hatten. Ich hatte schon zwei Tacos verdrückt, als Papa noch nicht mal halb mit seinem ersten fertig war.

»Machen wir ein Computerspiel?«, fragte ich, um Frank vom Tatort wegzulocken.

Er zog die Schultern hoch.

»Wenn ihr wollt«, sagte Indiane. Sie kaute langsam und obergründlich und war merkwürdig gelassen, obwohl unsere Papas vor unserer Nase flirteten wie verliebte Teenager.

»Mal schauen«, sagte Frank.

Okay, ich erspar euch die Details, was danach gesagt oder getan wurde. Aber mir graut so davor, zum Eigentlichen zu kommen. Der elende Mist, der sich nach dem Nachtisch ereignete, den Indiane, Frank und ich auf meinen Vorschlag im Fernsehzimmer aßen. Mir wird ganz schlecht, wenn ich nur daran denke. Wir saßen schweigend vor der Glotze und löffelten Eis aus unseren Schälchen. Als wir fertig waren, sammelte ich die Dessertschälchen ein und schlich in die Küche, um zu kontrollieren, ob dort alles in Ordnung war. Hinter mir plärrte der Fernseher, als ich um den Kühlschrank bog, und ich sah gleich, dass da zwischen Papa und Roger was im Gange war. Sie standen viel zu nah beieinander. Papa am Spülbecken, in dem er irgendwas abspülte, Roger von hinten an ihn gedrückt. Ich erstarrte zur Salzsäule. Roger hob seine Hand, die große, weiß gesprenkelte Tischlerhand, und legte sie auf Papas Nacken, strich mit den Fingerspitzen durch die feinen Flaumhärchen und flüsterte etwas, das unmöglich zu verstehen war, aber Papa zum Lächeln brachte.

In dem Augenblick merkte ich, dass Frank neben mir stand. Ich hörte es an seinem Atem, merkte es am Geruch. Ich drehte mich in Zeitlupe zu ihm um. Er stand mit großen Augen und offenem Mund da und glotzte Papa und Roger an.

Die Schälchen fielen auf den Boden und gingen zu Bruch. Ich muss sie runtergeschmissen haben, weil sie kaum so gründlich zu Bruch gegangen wären, wenn sie mir nur aus der Hand gerutscht wären. Ich hab keine Ahnung, was dann passierte oder warum. Alle Blicke waren auf mich gerichtet, sie glotzten mich an. Mein Kopf begann zu glühen, meine Ohren prickelten und dann sah ich Frank, der mich überheblich und höhnisch angrinste.

Es gibt viele Arten von Grinsen. Und das Grinsen war gemein, böse. Schadenfreudig.

Ich ging auf ihn los. Warf ihn zu Boden und hockte mich auf ihn drauf. Ich presste seine Hände auf den Boden und begann zu brüllen. Er setzte sich zur Wehr, spannte alle Muskeln an, wand sich und ruckte mit den Armen. Mit einer kräftigen Drehung warf er mich ab und schubste mich mit einem harten Hüftschwung zu Boden. Ich versuchte wegzukriechen, aber er packte mich und zog mich zurück, drehte mich auf den Rücken, kniete sich über mich und hielt meine beiden Arme fest.

»Verdammt, was ist mit dir los?«, brüllte er mich an, ich roch seinen Atem, der mir gegen die Nase blies. »Du Vollidiot, du bist so verdammt kindisch!«

Papa und Roger kamen angelaufen. Roger packte Frank, der meine Handgelenke losließ, sich aus Rogers Umklammerung befreite und aufstand. Ich dachte, er würde rausrennen, aber vor der Tür blieb er stehen und holte tief Luft.

»Indiane«, sagte er ganz ruhig, »spielen wir jetzt?«

Sie gingen zusammen in Indianes Zimmer. Ich hörte ihre Schritte auf der Treppe, dunk dunk. Je weiter oben sie waren, desto leiser wurden sie.

Papa kniete neben mir, ich schaute ihn nicht an, aber aus dem

Augenwinkel sah ich, dass er die Hand ausstreckte, um mich zu streicheln oder so was. Da bin ich aufgesprungen und hierher gelaufen.

Und hier sitz ich nun. Auf dem verfluchten Discoklo.

Papa hat schon tausendmal geklopft. Und gesagt, dass wir reden müssen. Er meinte, dass er nicht sauer auf mich wäre oder so und dass Roger die Schälchen egal sind.

Aber ich bleib trotzdem hier.

13. JULI, 13:20

Sie sind die ganze Zeit zusammen.

Ich höre und sehe sie.

Sie gehen mit Lady im Regen spazieren. Wuff, wuff. Schießen mit dem Luftgewehr auf eine Zielscheibe. Poff, poff. Spielen Fußball. Knall, knall.

Ich bin inzwischen im Wohnwagen, nachdem ich die ganze Nacht auf dem stinkenden Plumpsklo verbracht habe. Ich habe versucht, auf der Bank zu schlafen, mit einer Klopapierrolle als Kopfkissen. Morgens kamen ein paar Touristen, die unbedingt ein Foto von dem berühmten Plumpsklo machen wollten, da bin ich in den Wohnwagen umgezogen. Ich weiß nicht, ob das so schlau war. Vom Klo konnte ich alles hören: Franks Lachen, Indianes Rufen. Hier vom Wohnwagen sehe ich sie auch noch. Frank, der Stöckchen wirft, die Lady apportiert. Frank, der Gras ausrupft, mit dem er Indiane bewirft. Frank und Indiane, die sich schubsen und rangeln. Haha.

Sie sind ins Haus gegangen. In ihr Zimmer, schätze ich. Wahrscheinlich spielen sie am Computer.

Aber vielleicht gucken sie sich ja auch Fotos und Filme im Internet an, die sie beide so toll finden. Porno. HUALP!

Papa und Roger sind wieder mit dem Rad unterwegs. Hat Papa

jedenfalls gesagt. Vielleicht haben sie es ja nur bis zum nächsten Wäldchen geschafft und knutschen rum. BÄH!

Ich sitze hier mit Waldo, er hat seinen Kopf auf meinen Schoß gelegt. Schön, dass wenigstens einer mich mag.

Jetzt tut sich was. Sie kommen aus dem Haus. In Regenklamotten. Frank muss sich Klamotten von Indiane geliehen haben.

Sie verschwinden in der Garage.

Kommen mit Angeln wieder raus.

Okay, ich folge ihnen. Over and out.

13:45

Ich hocke im Gestrüpp am Seeufer. Sie sitzen im Boot: zwei grüne Gestalten mit hochgezogenen Kapuzen. Frank rudert, Indiane sitzt mit der Angel am hinteren Ende. Gerade hat sie einen Fisch gefangen. Sie hat ihn ins Boot gezogen und Frank hat ihm das Genick gebrochen. Eigentlich sollten er und ich dort sitzen. Dann hätte er mir den Trick beibringen können. Indiane, die blöde Kuh.

Zwischendurch höre ich ihre Stimmen, aber der Wind rauscht so laut in den Bäumen, dass ich nicht verstehe, was sie sagen. Von den Blättern tropft Wasser auf mich herunter.

Waldo wuselt schnüffelnd durchs Gestrüpp, pisst überall hin, um sein Revier zu markieren. Ich versuche, ihn dazu zu bringen, sich flach auf den Boden zu legen, aber der Kerl hört nicht auf mich.

14:07

Mir ist kalt, ich bin trotz Regenhose klitschenass von den Tropfen von oben und dem feuchten Gras. Und dann hat sich auch noch Waldo mit seinem nassen, stinkenden Fell an mich gekuschelt.

Sie sind weit draußen auf dem Wasser. Ein kleiner, dümpelnder Fleck auf der grauen Wasserfläche. Haben sie mich gesehen? Machen sie absichtlich einen Bogen um mich?

Ich langweile mich. Überlege, ob ich ein bisschen mit dem Luftgewehr schießen soll. Es stand auf der Plumpsklotreppe und ich hab es mitgenommen.

15:33

Die Flecken in dem Gästebuch sind REGENTROPFEN und keine Tränen, falls du das denkst!

Ich hab das Buch unter meine Jacke geschoben, als es anfing zu regnen. Waldo winselte und zerrte an der Leine und wollte weiter. Aber das Boot kam näher und ich wollte wissen, was sie eigentlich machten, weil ich nur einen Klumpen im Boot sehen konnte, im hinteren Teil. Als das Boot noch näher kam, sah ich, dass sie die Ruder eingeholt hatte. Das Boot trieb auf die Landzunge zu und knapp daran vorbei.

Mir war schlagartig klar, was das bedeutete. Wenn zwei Klumpen zu einem verschmelzen. Ich musste nicht näher ran, um es zu sehen.

Aber ich tat es trotzdem. Und ich sah, dass die eine Gestalt sich zu der anderen rüberbeugte, erkannte Indiane, weil ein paar schwarze Haarsträhnen aus der Kapuze rutschten. Sie schlang einen Arm um Franks Hals und küsste ihn.

Da schoss ich.

Indiane zuckte zusammen und schrie laut, das Boot schwankte bedrohlich und Waldo kläffte hysterisch. Ich signalisierte ihm, dass er leise sein sollte, packte ihn im Nacken und drückte ihn ins Moos.

Aber zu spät. Indiane hatte sich im Boot aufgerichtet, fasste sich an den Rücken und starrte mich an. Frank hockte auf dem Boden und hielt sich links und rechts an der Bordwand fest, worauf das Boot etwas weniger schwankte. Er sagte irgendetwas, ich schnappte ein »Idiot« und »Arvidsjaur« auf. Unter der Kapuze war sein Gesicht nicht zu sehen.

Indiane setzte sich neben ihn. Das Boot glitt immer näher ans Ufer, bis ich ganz deutlich sehen konnte, wie sie den Reißverschluss ihrer Jacke runterzog, Franks Hand nahm und sie auf ihre Brust drückte. Und dabei starrte sie mich die ganze Zeit an.

Sie wollte, dass ich das sehe.

18:15

Indiane und Frank bauen ein Zelt auf dem Rasen auf. Indiane gibt Anweisungen und Frank schüttelt den Kopf, diskutiert.

Irgendwann scheint er aufzugeben. Genervt hält er das eine Ende fest. Indiane schiebt die Zeltstangen ein.

Ich bezweifle stark, dass Roger sie mit Frank zelten lassen würde, wenn er wüsste, was sie und Frank draußen auf dem See getrieben haben. Oder wo sie im Internet unterwegs ist. Vielleicht sollte ich ihm einen Tipp geben?

Aber Roger Berg ist wahrscheinlich selbst viel zu beschäftigt, um sich um so was zu scheren. Papa und er bereiten was zu essen vor, heute Abend soll es ein Fest geben. Sie haben Lisbeth, Dieter und Grete eingeladen. Ein Erwachsenenfest. Kinder sind nicht eingeladen.

»Und Hunde auch nicht«, sagte Roger mit einem Grinsen in Waldos Richtung.

Mit der Information ist Papa rausgerückt, nachdem sie ihre Räder in der Garage geparkt hatten und die vom Einkauf vollen Radtaschen zum Haus trugen.

»Heute Abend habt ihr den Wohnwagen ganz für euch«, sagte Papa zu mir. »Wir haben Pizza und Süßigkeiten für euch gekauft. Ihr könnt gerne einen Film schauen.«

Aber Indiane und Frank haben garantiert nicht vor, den Abend mit mir im Wohnwagen zu verbringen. Warum bauen sie sonst das Zelt auf?

Das ist ein anderes Zelt als das, in dem wir auf dem Berg übernachtet haben. Dieses ist grün und größer, wahrscheinlich Rogers Zelt. Offenbar will sie Frank nicht zumuten, mit den Füßen im Freien zu schlafen. Was mich ein kleines bisschen beruhigt.

Papa hat versucht mit mir zu reden, während er sich für das Fest umzog. Er stand mit nacktem Oberkörper da und trug Deo auf. Er meinte, dass ihm schon klar wäre, dass ich es im Moment nicht ganz leicht habe und dass er mich mit seiner Niedergeschlagenheit nicht gerade aufgebaut hat. Er könnte gut verstehen, dass es vermutlich seltsam und ungewohnt für mich war, dass er einen Kumpel gefunden hätte.

Einen Kumpel, dass ich nicht lache.

»Aber«, sagte er, »du hast doch bestimmt auch bemerkt, dass ich seitdem viel besser drauf bin, dass es mir richtig gut geht, oder?«

Ich war völlig auf mein Nintendo konzentriert, weil ich gerade auf das nächsthöhere Level überging, darum hörte ich nur mit einem Viertel Ohr zu.

»Das hast du doch, Arvid, oder?«, hakte er nach.

Ich blieb ihm die Antwort schuldig.

»Ich will nach Hause«, sagte ich.

Papa zog sein Hemd an und murmelte, dass wir morgen darüber reden könnten. Aber da gibt es nichts mehr zu reden. Ich will hier weg.

19:00

Merkwürdig. Sehr, sehr seltsam. Indiane war gerade bei mir und hat mich gefragt, ob ich mit ihnen zusammen im Zelt übernachten will.

Sie hat sich Mühe gegeben, nett und freundlich zu klingen, aber der saure, nölende Unterton schimmerte klar durch. Das ist vielleicht so, wenn auf einen geschossen wurde.

Frank hat seit gestern kein Wort mehr mit mir geredet. Jedes Mal, wenn wir uns begegnen, wendet er sich ab. Ich glaube, er hasst mich.

Und jetzt wollen sie, dass ich mit ihnen zelte.

Was hecken die beiden aus?

Bei einem Fußballturnier, spät am Abend, hat Frank das Gesicht des schlafenden Thomas' mit Zahnpasta eingeschmiert. Thomas ist unser Top-Torschütze. Als Frank Thomas' Hand in einen Eimer mit Wasser stecken wollte, damit er sich in die Hose pinkelt, ist Thomas wach geworden.

Nachdem wir wieder in unseren Schlafsäcken lagen, die Isomatten dicht aneinandergeschoben, damit wir auch nach dem Lichtausmachen noch flüsternd quatschen konnten, hab ich ihn gefragt, ob er so was auch mit mir machen würde.

»Bist du bescheuert?«, sagte er, gekränkt. »So was macht man doch nicht mit seinem besten Freund!«

Aber wir sind jetzt keine besten Freunde mehr. Nicht einmal mehr Freunde, glaube ich. Ich mag mir gar nicht ausmalen, was er sich alles einfallen lässt, wenn ich mich in ein Zelt mit ihm lege.

»Frank weiß, dass Papa schwul ist.«

Indiane sagte das beim Gehen. »Ich hab es ihm gestern gesagt, als wir am Computer gespielt haben. Damit er aufhört, dauernd Schwulenwitze zu erzählen.«

»Hast du auch was von Papa erzählt?«

Indiane kniff die Augen zusammen und sah mich sauer an.

»Was soll ich denn da sagen?«

»Er hat es gesehen«, sagte ich. »Gestern in der Küche. Deinen Papa und Papa ...«

»Ja und?«, fiel Indiane mir ins Wort.

Sie rafft gar nichts. Sie hat keine Ahnung, wie ich mich fühle. Wie es ist, den besten Freund zu verlieren, der dein ganzes Leben da war, seit dem Kindergarten. Mit dem du Legostädte und Raumschiffe und Wolkenkratzer gebaut hast, jeden Tag, bis ihr irgendwann zu alt für so was wart. Mit dem du nach der Schule und möglichst auch noch nach dem Abendessen auf dem Bolzplatz Fußball gespielt hast. Manchmal zusammen mit anderen, aber meisten nur ihr zwei alleine. Pässe, dribbeln, aufs Tor schießen. Üben, pauken, trainieren. Mit dem du in den Jugendclub gegangen bist, mit Wachs in den Haaren und brennendem Deo unter den Achseln. Und dann fängt das mit den Partys in der Klasse an, die Eingeladenen bekommen eine SMS, die Nicht-Eingeladenen fragen sich, ob ihre Handys kaputt sind, weil der beste Freund eine Einladung bekommen hat, sie aber nicht. Und in den Pausen kleben ihm die Mädchen auf der Pelle und wollen reden und er lächelt sein nettes Lächeln und erzählt lustige Geschichten, über die die anderen lachen. Auf dem Nachhauseweg seid ihr jetzt nicht mehr alleine. Ihr seid eine ganze Gruppe, die meisten Mädchen, die unbedingt neben ihm gehen wollen. Die sich nicht die Bohne für Fußball interessieren, aber trotzdem am Spielfeldrand rumhängen. Und dein Freund hat nichts Besseres zu tun, als alle naselang zu ihnen zu tapern und mit ihnen rumzualbern. Dann kommen die Ferien und endlich seid ihr wieder zu zweit und ihr habt das lange geplant, Zelttour, Angeln und Lagerfeuer. Und das ist sehr, sehr wichtig, dass er mitkommt, weil du gemerkt hast, dass er nicht mehr so interessiert ist, er klingelt nicht mehr spontan bei dir, schickt dir keine »Was geht?«-Nachrichten mehr und er hat so viel um die Ohren, sagt er, Hausaufgaben, Training. Und dass dein Vater plötzlich schwul wird, macht die Sache nicht unbedingt leichter. Oder dass dein Freund dich besuchen kommt und nur noch Augen für das Mädchen hat, das eigentlich in dich verliebt ist, von dem du selber nicht weißt, ob du es toll findest, weil diese verflixte Pubertät bei dir noch nicht mal angefangen hat.

»Das war echt mies, dass du mein Tagebuch gelesen hast«, sagte ich.

Indiane schnaufte.

»Ich habe kein Wort gelesen. Und mindestens so mies von dir, nicht auf meine schriftliche Frage zu antworten.«

Damit ging sie.

»Ich glaube, ich bleibe lieber hier!«, rief ich durch die offene Wohnwagentür hinter ihr her. Sie lief mit hin und her schwingenden Haaren über den Rasen zu dem aufgebauten Zelt und Frank.

20:03

Neuer Plan: Ich gehe zum Zelt.

21:32

Das war ein schlechter Plan. Ein *sehr* schlechter Plan.

Um es kurz zu machen: Ich habe mich auf dem Plumpsklo eingeschlossen und werde nie, NIE WIEDER hier rauskommen!

Die Deckenlampe ist durchgebrannt und die Discokugel dreht sich unermüdlich im Kreis und wirft tausend Spiegelsplittersterne an die Wände. Das Radio ist auf einen Sender mit klassischer Trauermusik eingestellt. Discomusik fand ich nicht so passend.

Papa war schon vor der Tür und hat genervt, Indiane hat rumgeschimpft, aber von Frank kein Mucks.

Und das ist auch gut so. Sehr gut.

Ich ging also zum Zelt, was ich im gleichen Moment bereute, als ich sein Lachen hörte. Das gute Lachen, wenn er rumalbert und Spaß hat, bei dem man Lust bekommt, sich im Gras zu wälzen. Ich sah die Umrisse von zwei Gestalten im Zelt und hörte ihn erzählen, irgendwas aus dem Urlaub, glaube ich.

Indiane schob zwischendurch ein »Oh« oder »Mh« ein, aber plötzlich verstummten beide, weil sie mich bemerkt hatten.

Ich klopfte auf das Zeltdach, der ganze Stoff schwabbelte. Sie antworteten nicht.

»Hallo?«, sagte ich.

Stille.

Dann endlich Indiane, genervt:

»Hallo ...«

»Darf ich reinkommen?«

»Oh nein!«, stöhnte Frank.

»Okay«, sagte Indiane.

Da hätte ich umdrehen sollen. Ich hätte zurück in den Wohnwagen gehen und auf Frank pfeifen sollen, stattdessen zog ich den Reißverschluss auf und kroch zu ihnen hinein. Frank saß mit dem Rücken zu mir und mümmelte Chips. Indiane warf mir einen kurzen Blick zu und forderte ihn auf, weiter zu erzählen.

»Was macht der jetzt hier?«, Fragte Frank.

»Das weißt du doch«, sagte sie.

»Dein Vater kann nicht bestimmen, mit wem du deine Zeit verbringst!«

Ich versuchte, mich an Frank vorbeizudrängen, aber er versperrte mir den Weg, indem er sich halb aufrichtete und selber zu dem Platz krabbelte, den ich mir ausgeguckt hatte, neben Indiane, auf ihrer Isomatte. Er legte wieder los. Unterhielt sich mit Indiane. Über den Süden und all die tollen Dinge, die er und seine schwedischen Kumpel am Strand und im Pool erlebt hatten. Er wurde immer eifriger. Ich kam mir vor, als wäre ich Luft, als gäbe es auf der ganzen Welt nur noch ihn und Indiane, als würde ich gar nicht existieren. Er hatte diesen Funkelblick, wie immer, wenn er richtig in Fahrt war, und in seinen Mundwinkeln zuckte das freche, gute Lächeln und breitete sich in seinem Gesicht aus. Seine Stimme klang tief und glücklich, ab und zu überschlug sie sich, dann kam der kleine Junge, wie ich ihn von früher kannte, zum Vorschein, in ein oder zwei Worten. Der so vom Legospielen gefesselt war, dass er nicht mal mitbekam, wenn seine Mutter direkt hinter ihm stand und sagte, dass jetzt Abendbrotzeit war oder ich nach Hause müsste, weil es schon spät war.

Plötzlich merkte ich, dass Indiane mich ansah. Frank merkte es auch, sah mich an, und hörte auf zu reden.

»Indiane!«, sagte er so laut, dass sie zusammenzuckte. Er rückte näher an sie ran. »Soll ich dir den Rücken kraulen?«

Indiane zog die Schultern hoch, nach dem Motto: weiß nicht. Sie sah mich weiter an, um zu schauen, wie ich reagierte. Aber ich ließ mir nichts anmerken. Sie drehte ihm den Rücken zu und behielt mich im Auge. Er schob seine Hand unter ihren Pullover und begann, sie zu streicheln. Da schaffte sie es nicht mehr, mir in die Augen zu sehen. Sie wirkte irgendwie verlegen, saß steif da und sah nicht aus, als würde sie es genießen. Frank lachte unvermittelt los, als wäre ihm was Komisches eingefallen.

»Weißt du, wie Arvidsjaur eigentlich heißen sollte?«, fragte er.

Indiane antwortete nicht.

»Rate mal!«, sagte Frank. »Mach schon!«

»Nein, weiß ich nicht.«

»Er heißt Arvidsjaur, weil seine Eltern ihn in ihrem Urlaub in dem schwedischen Ort Arvidsjaur gezeugt haben. Sagen sie. Aber die Geschichte stimmt eigentlich gar nicht. Weißt du, wo sie stattdessen waren?«

Indiane antwortete wieder nicht.

»Jokkmokk!« Frank grinste. »Stell dir das vor: Eigentlich müsste er Jokkmokk heißen! Jokkmokk!«

»Mmh«, sagte Indiane.

»Hast du keinen Humor? Das ist doch echt witzig. Jokkmokk. Aber wahrscheinlich tut er dir leid, weil er noch nicht in die Pubertät gekommen ist.«

»Hör auf«, sagte Indiane.

»Das hört man schon an der Stimme, er klingt wie ein Kindergartenkind. Und er hat noch keine Haare um den Schniedel. Und weiß nicht, wie man eine tolle Frau erkennt!«

Indiane hatte einen roten Kopf bekommen. Sie saß reglos da, aber ihr ganzer Körper sträubte sich, wie eine Katze mit aufgestelltem Pelz. Sie sah mich an, um zu sehen, wie ich reagierte.

»Seid ihr zusammen?«, fragte ich sie.

Sie zog die Schultern hoch. »Weiß nicht.«

»Oh Mann!«, stöhnte Frank. »Arvidsjaur ist so kindisch. Er glaubt immer noch, das wäre wie in der Fünften, wo man gefragt hat, ob jemand mit einem gehen will.«

Indiane senkte den Blick, starrte auf ihre Knie.

»Und was ist mit der Frage, die du ins Buch geschrieben hast?«, fragte ich. »Gilt die nicht mehr?«

»Ich weiß nicht, wovon du redest«, murmelte Indiane.

Franks Hand unter ihrem Pullover verharrte.

»Was für ein Buch?«

Indiane schüttelte den Kopf. »Keine Ahnung.«

Frank sah mich an.

»Wollen wir es jetzt machen?«, fragte er sie, ohne mich aus den Augen zu lassen.

Indianes Antwort kam zögerlich. »Ähm ... ich weiß nicht.«

»Traust du dich nicht?«

»Doch.«

Und dann setzten Frank und Indiane sich voreinander hin, Nasenspitze an Nasenspitze, sozusagen. Zum Knutschen. Direkt vor meinen Augen.

»Ich glaube, ich mach mal einen Spaziergang«, sagte ich.

Indiane nickte. »Okay!«, sagte sie.

Aber Frank packte mich am Arm und hielt mich fest.

»Du bleibst hier und kontrollierst, dass wir es richtig machen«, sagte er. »Es ist das erste Mal für Indiane und du sollst bezeugen, dass ihre Zunge wirklich in meinem Mund ist und sie nicht nur so tut.«

Er zwang mich, mich direkt neben sie zu setzen. Mein Knie drückte gegen Indianes Oberschenkel. Ich saß so nah, dass ich den Flaum über und die Salzkörner von den Chips auf seiner Oberlippe sehen konnte.

»Mach die Augen zu!«, sagte Indiane und Frank machte die Augen zu.

»Du auch!«, sagte er.

Indiane sah mich an. Sie schluckte. Dann schloss sie die Augen. Und in dem Moment spürte ich etwas an der Hand, mit der ich mich auf meinem Oberschenkel abstützte. Ich schaute nach unten. Indiane strich mit ihrem Finger über meinen kleinen Finger.

Ein kitzliger, kribbeliger Schauer durchrieselte meine Hand. Frank räusperte sich.

Seine Lippen glänzten, sein Mund war leicht geöffnet. Er schob den Kopf nach vorne. Indiane war nur wenige Zentimeter von seinem Gesicht entfernt und lehnte sich leicht nach hinten. Sie öffnete die Augen, aber nur halb, und sah mich an. Und dann verzog sie die Lippen zu einem kaum sichtbaren Lächeln, nur für mich.

Ich beugte mich vor und küsste Frank.

23:12

Ich kann nicht so genau sagen, was passierte. Es ging alles so schnell.

Dass irgendwas nicht stimmte, schien er gleich gemerkt zu haben, weil er zurückzuckte. Aber dann kam er wieder näher und öffnete den Mund. Ich hätte Zeit genug gehabt, es mir anders zu überlegen und mich einfach wieder auf meinen Platz zu setzen. Aber da war so ein Kribbeln, ich konnte mich nicht beherrschen. Ich beugte mich vor. Und küsste ihn.

Er riss die Augen auf.

Für den Bruchteil einer Sekunde lächelte er mich an. Für einen winzigen Augenblick hatte er seinen Glitzerblick.

Und dann brach sein Lächeln in der Mitte entzwei. Sein Gesicht verzerrte sich gequält und seine Augen wurden schwarz.

Er holte aus und schlug mit der flachen Hand zu. Mein Ohr pfiff.

»Verdammte Schwuchtel!«, rief er. Und noch eine Reihe anderer unfreundlicher Ausdrücke. Er trat und schlug nach mir und ich suchte das Weite, riss den Reißverschluss auf und rannte auf Socken zum Klo. Ich hörte ihn mit Cola gurgeln und ausspucken, so ekelig fand er mich.

Jetzt fährt er. Das Auto seiner Mutter steht mit laufendem Motor in der Einfahrt.

Papa steht vor der Tür. »Willst du nicht rauskommen und dich ordentlich von Frank verabschieden?«, sagt er.

»Von dem Pervo verabschiede ich mich im Leben nicht!«, ruft Frank und knallt die Autotür zu. Der Motor jault auf und sie fahren los.

Roger ruft etwas hinter dem Wagen her. »Der Pervo Roger bedankt sich für den Besuch«, oder so was in der Art. Dieter und Grete und Lisbeth sind auch da. Spätestens jetzt wissen es alle.

Aber ich krieg das irgendwie nicht auf die Reihe, das kann nicht stimmen.

Da lauf ich nichts Böses ahnend durch die Welt.

Dann entdecke ich ein winziges Haar an meinem Sack.

Und plötzlich bin ich schwul.

Ich rufe nach Papa, sage, dass er zur Klotür kommen soll, so dicht, dass niemand was mitbekommt. Ich muss ihm nämlich was sagen, das nur für seine Ohren bestimmt ist.

Er verabschiedet sich von Lisbeth und den anderen. Von Roger Berg kann er sich auch gleich verabschieden. Ich kann nämlich nicht mehr. Ich weigere mich, das Plumpsklo zu verlassen, bevor Papa nicht schwört, dass wir hier wegfahren und niemals wiederkommen.

19. JULI. 18:19

Es ist so ewig her. Das ist alles so weit weg, wie im letzten Jahr oder so. Zwischendurch denke ich minutenlang nicht an Frank. Und an das, was ich getan habe und seinen Blick und das in der Mitte zerbrechende Lächeln. Ich habe die Szenen so oft in meinem Kopf abgespielt, dass es kaum noch brennt.

Die Zeit heilt alle Wunden, heißt es. Als ich klein war, hatte ich Angst im Dunkeln, ich musste immer das Licht anhaben. Jeden Abend musste Mama mir was vorsingen, damit ich einschlafen konnte. Jetzt finde ich es total schön, im Dunkeln dazuliegen und nachzudenken. Und ich komme gut ohne Mama klar, morgens und nachts.

Früher fand ich Küssen ekelig. Und für Mädchen hatte ich nichts übrig. Jetzt bin ich mir nicht mehr ganz so sicher.

Papa dachte lange über das nach, was ich ihm mitgeteilt hatte.

»Bist du ganz sicher?«, fragte er.

»Ja«, sagte ich.

»Aber«, sagte er, »miss dem, was im Zelt vorgefallen ist, nicht zu viel Gewicht bei. So was kann passieren, jedem, egal ob er das eine oder andere ist. Und Frank hat völlig überreagiert.«

»Das ist nicht das Problem«, sagte ich. »Und das weißt du auch.«

Er war lange still. Ich hörte ihn tief einatmen.

»Aber jetzt sag mal ganz ehrlich: Hast du nicht gemerkt, dass es mir momentan richtig gut geht?«

Ich rief Mama an. Und sagte es ihr, so laut, dass er es hörte: »Papa ist schwul geworden, mit einem Typen, der Roger Berg heißt. Er macht Dinge, die er früher nie getan hat und schleicht nachts aus dem Wohnwagen und jetzt kann ich nicht mehr, du musst kommen und mich abholen.«

»Okay!«, sagte Papa.

(Mama war müde und meinte mürrisch, dass es mitten in der Nacht wäre, kein guter Zeitpunkt zum Anrufen, und legte auf, ehe ich fertig war. Aber das ist eine andere Geschichte.)

Wir konnten erst am nächsten Tag fahren, weil Papa Wein getrunken hatte. Ich stellte klar, dass ich bis zu unserer Abfahrt auf dem Klo bleiben würde. Und dass er im Wohnwagen schlafen sollte. Alleine.

»Du bestimmst nicht über mich«, sagte er.

»Okay, wenn es dir lieber ist, dass ich Mama überrede, mich auf der Stelle abzuholen …«

»Ist ja gut! Ich schlafe im Wohnwagen.«

»Alleine!«

»Alleine …«

Natürlich konnte ich nicht schlafen. Dazu purzelten viel zu viele Gedanken in meinem Kopf durcheinander.

Und ich war nicht der Einzige, der nicht schlafen konnte.

Mitten in der Nacht hörte ich schwere Schritte die Stufen hochtrampeln.

»Ich hab deinen Schlafsack dabei«, sagte Indiane durch die geschlossene Tür. »Und eine Isomatte. Und ein paar Erdnussbuttersandwiches. Ich hatte Hunger und dachte, du vielleicht auch?«

Ich antwortete nicht. Das wirkte meistens. Von draußen war kein Laut zu hören, darum dachte ich, sie wäre gegangen. Ich wollte gerade die Tür aufschließen, um die Sachen nach drinnen zu holen, die sie gebracht hatte, als sie anfing zu reden.

»Wieso hast du nichts gesagt?«

Ich antwortete nicht.

»Ich hätte das verstanden. Und ich Blödnuss hab gedacht, du magst mich …«

»Ich mochte dich auch«, sagte ich. »Ich *mag* dich.«

»Aber Frank magst du lieber?«

»Ich weiß es nicht, ich raff grad gar nichts.«

»Kannst du nicht aufmachen, damit ich zu dir reinkommen kann?«

»Ich glaube, das wäre nicht so schlau, sonst …«

»… küsst du mich noch?«

Ich sagte nichts. Indiane seufzte traurig.

»Man wird ja wohl noch träumen dürfen. Ich Blödnuss!«

Ich ließ sie rein. Weil ich ein schlechtes Gewissen hatte. Immerhin hatte ich auf sie geschossen. Okay, aus weiter Entfernung, aber trotzdem.

Wir rollten die Isomatte über den Klodeckeln aus und sie öffnete den Schlafsack und legte ihn über unsere Füße. Und so saßen wir da, an die Wand gelehnt, und futterten Erdnussbuttersandwiches. Die Discokugel rotierte langsam und malte schmelzende Diamanten an die Wände.

»Du«, sagte Indiane, »ich habe nicht in deinem Buch gelesen. Echt wahr.«

»Gut«, sagte ich.

»Und Entschuldigung, dass ich das mit Frank gemacht hab. Ich wollte doch bloß, dass du mich bemerkst. Du warst plötzlich so komisch, als er kam, und ich hab nicht kapiert, woran das lag, ob ich dir vielleicht peinlich war oder so. Jetzt hab ich's verstanden.«

»Schön, dass wenigstens einer was versteht«, sagte ich.

Sie lehnte ihren Kopf an meine Schulter.

»Bist du ganz sicher, dass du wirklich schwul bist?«

Ich stieß einen tiefen Seufzer aus. »Ich weiß nicht, was ich bin.«

»Fandest du es schön, ihn zu küssen?«

»Kann ich nicht sagen, das ging so schnell.«

»Aber du vermisst Frank?«

Ich nickte.

Das Merkwürdige war, dass ich es schön fand, ihren Kopf auf meiner Schulter zu haben. Als ich den Kopf zur Seite drehte, um den Arm um ihre Schulter zu legen, missverstand sie die Bewegung und küsste mich auf den Mund, ganz kurz und schnell. Dann zog sie sich wieder zurück und lehnte den Kopf an meine Schulter, als wäre nichts gewesen.

»Sorry, mir war einfach danach«, sagte sie. »Wird nicht wieder vorkommen.«

Das Seltsame war, dass der Kuss ein Kribbeln in mir auslöste, ein kitzeliges Ziehen im Bauch. Genauso, wie ich es schon einmal mit ihr zusammen erlebt hatte: An dem Abend auf dem Berg, als wir zu zweit in ihrem Schlafsack gelegen haben, um uns zu wärmen.

Ich konnte mir das nicht erklären, aber eins wusste ich: Ich musste weg. Solches Gekribbel konnte leicht außer Kontrolle geraten.

Indiane und ich übernachteten auf dem Klo, Kopf an Fuß. Als ich wach wurde, schlich ich nach draußen, um Papa zu wecken. Wir packten unsere Sachen, banden alle losen Gegenstände im Wagen fest, unter anderem das Rennrad, das er unbedingt mitnehmen wollte. Und dann setzte er das Auto vor den Wohnwagen, um ihn anzuhängen. Der Vorbau sah eigenartig halbiert aus, als der Wagen nicht mehr davorstand, wie ein in der Mitte durchgesägtes Haus.

Roger Berg kam im Schlafanzug in den Garten.

»All die Arbeit für die Katz«, sagte er mit einem Nicken zu dem Vorbau.

Papa hatte die Seitenscheibe runtergekurbelt und die Stirn an den Rahmen gelehnt. Er murmelte ein leises »Ja, ja« und »Dann macht's mal gut ...« Da machte Roger die Fahrertür auf und zog Papa regelrecht nach draußen. Das heißt: Papa hing im Gurt fest und musste sich erst abschnallen und selber aussteigen. Aber als

Papa dann endlich draußen war, drückte Roger ihn in einer kräftigen Bärenumarmung an sich.

Indiane kam aus dem Plumpsklo. Sie sah nicht sehr ausgeschlafen aus und ihre Haare standen in alle Himmelsrichtungen ab, als hätte ein Blitz in sie eingeschlagen. Ich beeilte mich, zu Waldo auf die Rückbank zu kommen. »Lass uns fahren!«, sagte ich zu Papa.

Indiane rannte los, riss die hintere Tür auf der anderen Seite auf und setzte sich neben uns.

»Ihr könnt doch nicht einfach wegfahren!«, sagte sie. Waldo saß zwischen uns. Sie drückte seinen Kopf nach unten, damit sie mich ohne Hindernisse mit ihrem Zornesblick durchbohren konnte. »Denk an Lady«, sagte sie. »Sie kriegt immerhin Waldos Welpen. Und an Papa!«

Sie warf einen Blick nach draußen. Unsere beiden Papas umarmten sich noch immer.

»Das bricht ihm das Herz«, flüsterte sie.

Ich erinnerte sie daran, dass wir uns einig gewesen waren, dass die beiden niemals ein Paar werden durften.

»Du raffst doch gar nichts, du Idiot!«, fauchte sie mich an. »Du bist ja total ... Frank im Kopf!«

Sie sprang aus dem Wagen und schepperte die Tür hinter sich zu, dass Waldo vor Schreck anfing zu winseln.

Papa setzte sich wieder ins Auto. Er schnallte sich an und schaute in den Rückspiegel.

»Willst du wirklich fahren?«, fragte er mit einem winzigen Hoffnungsschimmer in der Stimme.

»Fahr!«, sagte ich.

Und so fuhren wir. Ich schaute nicht nach hinten.

Wir sind jetzt zu Hause. Papa liegt auf dem Sofa und sieht fern. Er zappt sich durch die Sender und antwortet nicht, wenn ich mit ihm rede. Er weigert sich, mit Waldo rauszugehen. Er will nicht Rad fahren. Er will mir nichts zu essen kochen.

Stattdessen hat er über zwei Stunden geschlafen, am helllichten Nachmittag!

Aber das wird schon werden. Die Zeit heilt alle Wunden.

21. JULI. 21:33

Papa ist unerträglich. Er ist sauer auf mich und den Rest der Welt und hat an allem was auszusetzen. Dass ich zu lange schlafe. Dass ich nicht genug im Haushalt helfe. Dass ich zu viel in meinem Zimmer am Computer hocke. Dass ich nicht rausgehe und mich mit Freunden treffe. Dass ich zu negativ bin und zu wenig Antrieb habe. Dass ich nerve, wenn ich mit dem Ball gegen die Wand spiele. Dass ich mich körperlich fit halten sollte als Fußballspieler. (Auf den Bolzplatz kann ich aber nicht gehen, da könnte Frank sein. Der kann, davon mal abgesehen, überall sein. Darum bleibe ich, wenn's geht, zu Hause.)

Mama ist auch keine große Hilfe. Irgendwann hab ich dem Genörgel nachgegeben und bin zum Essen zu ihnen gegangen, aber nur, um Papa eine Weile zu entkommen.

»Das ist alles deine Schuld«, sagte ich zu ihr, als wir mit einem Smoothie im Wohnzimmer saßen und warteten, dass das Essen fertig wurde. »Seit du ihn verlassen hast, ist er total komisch.«

»Wir haben gemeinsam beschlossen, uns zu trennen«, sagte sie.

»Aber jetzt ist er plötzlich schwul!«

»Na ja, plötzlich nicht direkt«, sagte Mama.

»Wie meinst du das?«

»Ich kenne deinen Papa schon sehr lange«, sagte sie. »Und ich kenne ihn gut.«

Ich war schockiert. »War er das früher etwa auch schon?«

»Ich glaube, dass wir alle etwas von allem in uns haben.«

»Und darum habt ihr euch getrennt?«

»Nein, wir haben uns getrennt, weil wir uns auseinander gelebt hatten und einig waren, dass es das Beste für alle Beteiligten ist. Und mir war schon lange klar, dass Papa, wenn wir mal getrennte Wege gehen, es nicht nochmal mit einer Frau versuchen wird.«

»Dann besteht keine Hoffnung mehr?«

»Doch, säckeweise Hoffnung. Dein Papa ist ein toller und attraktiver Mann, er findet sicher irgendwann einen passenden Partner. Oder was meinst du, Pontius?«

Der Wok brutzelte in der Küche und die Dunstabzugshaube rauschte laut. »Klar, wenn er ein bisschen trainiert!«, rief Pontius durch den Lärm.

23. JULI. 23:21

Es gibt eine Menge schockierende Dinge, die Eltern tun können.

Zum Beispiel beim Elternabend das Wort ergreifen und peinliche Sachen sagen.

Schnaufend auf der Straße zu joggen, wo alle einen sehen können, während der Schweiß tropft und der Bauch schwabbelt.

Sich nackt deinen Freunden zeigen.

Dass sie DAS miteinander machen.

Aber schlimmer als all das war es, sich den eigenen Papa vorzustellen mit schütterem Haar, Bauchansatz und brutal unmodernen Klamotten, der ausgeht, um jemanden kennenzulernen.

Mir ist völlig schleierhaft, wie das klappen soll. Es fängt schon damit an, herauszufinden, wer schwul ist und wer nicht. Ich bezweifle stark, dass Papa mit so einem Schwulenradar ausgestattet ist wie Roger. Bestimmt blamiert er sich am laufenden Band, weil er es immer wieder bei Kerlen versucht, die gar nicht ... wie soll ich das sagen ... zur Zielgruppe gehören. Womöglich fühlen sich einige dadurch so ans Bein gepinkelt, dass sie zuschlagen. Und sollte er zufällig mal mit einem Schwulen ins Gespräch kommen, worüber soll er dann bitte schön reden? Er kann ja noch nicht mal entspannt mit den Eltern aus seiner Trainingsmannschaft plaudern! Und wie groß ist die Wahrscheinlichkeit, dass ausgerechnet in der Bar, in der Papa sich befindet, zufällig ein Mann ist, der nicht nur schwul ist, sondern obendrein auch noch Papa toll findet, auf DIE Weise? Hallo, wir reden hier von PAPA.

Ich sehe ihn schon alleine nach Hause kommen, Abend für Abend. Irgendwann würde er es aufgeben. Und verbittert und unterträglich werden, für immer.

Ich sitze auf dem Plumpsklo. Roger hat zwischenzeitlich die Deckenlampe repariert.

Wir sind zurück in Nordfurzbotn. Mit Wohnwagen und Köter und mehreren Donald Duck-Jahrgängen. Ich bin irgendwie nicht zur Ruhe gekommen in der Stadt, bin ganz kirre geworden von der Stubenhockerei und nur im Garten mit mir alleine zu kicken. Rauszugehen hab ich mich nicht getraut, weil Frank jederzeit und überall auftauchen konnte. Ich bin mir sicher, dass er es allen erzählt hat. Da ist es völlig egal, ob ich selber noch unsicher bin, die anderen werden trotzdem jedes Mal, wenn sie mich sehen, denken: »Da kommt der Schwuli.«

Indiane hat mir geraten, Papa zu überreden, hierher zu ziehen. Hier kann ich ganz neu anfangen, kann genau der sein, der ich sein will, weil keiner mich kennt.

Ich habe die letzten Tage ziemlich viel an Indiane gedacht. Und ich hab ... was gespürt. Mal schauen, ich weiß nicht.

Mit Frank bin ich jedenfalls fertig. Als Freund, meine ich. Er hat ziemlich fiese Sachen gesagt nach dem, was im Zelt passiert ist. Nicht nur über mich, auch über Papa und Roger.

Ich hab ihn einmal im Supermarkt getroffen, plötzlich stand er vor mir. Hinter ihm nahm seine Mutter Konservendosen aus dem Regal.

»Hi, Homo«, hat er gesagt.

Ich schüttelte den Kopf, wollte ihm sagen, dass ich das nicht bin.

»Feiert dein Alter Schwulenorgien bei euch zu Hause?«, sagte er. »Stinkt die ganze Wohnung jetzt nach Scheiße?«

Ich hätte zu gern irgendwas Schlagfertiges erwidert, aber mir fiel nichts ein, und dann kam seine Mutter.

Also hab ich mich einfach umgedreht und bin gegangen. Und kam mir echt blöd vor.

Aber wenn ich im Nachhinein darüber nachdenke, war es eigentlich richtig gut, einfach zu gehen. Manchmal ist es das Beste, nichts zu sagen.

Indiane wartet im Zelt auf mich. In dem kleinen. Sie sagt, das andere hätte Löcher, aber ich glaube, das sagt sie nur, damit wir in dem kleinen Zelt ganz dicht zusammenliegen müssen.

»Wir könnten ja ein bisschen küssen üben, nur um es mal probiert zu haben«, sagte sie. »Selbst wenn du schwul sein solltest, kann Training ja nicht schaden.«

»Ähm«, sagte ich. »Ich denk mal drüber nach.«

Ich hab aber auch gar nichts dagegen, jeder in seinem Schlafsack nebeneinander zu liegen und bis tief in die Nacht zu erzählen. Flüsternd über geheime Dinge zu reden, wie wir es auf dem Berg gemacht haben. Und vielleicht fragt sie mich ja irgendwann, ob ich ihr den Rücken streicheln will. Und vielleicht tu ich das sogar.

Ich bin gerade an Roger Bergs Schlafzimmer vorbeigegangen. Also nicht zum Spionieren, aber das Zelt steht schließlich mitten auf dem Rasen und da muss man auf dem Weg zum Plumpsklo an dem Fenster vorbei. Die Gardine bauschte sich im Windzug und ein Schluchzer von drinnen ließ mich zusammenzucken. Ich wollte schnell weiterlaufen, um nichts zu hören, was ich nicht hören wollte. Aber da blies Papa Luft aus und ich hörte, dass es sein Schlafatmen war. Und der lange, seufzende Ausatmer war nicht traurig, sondern summend. Ich blieb stehen und lauschte. Da kam wieder der schluchzende Einatmer, dann Stille. Lange. Bis die Luft wieder ausströmte, glücklich, befreit irgendwie.

Das ist das Letzte, was ich hier schreibe, es gibt noch ein leeres Blatt. Und dann werde ich das Buch irgendwo verstecken, wo keiner es findet. Mal sehen, in ein paar Jahren hole ich es vielleicht wieder heraus. Vielleicht lach ich dann über das, was ich geschrieben habe. Vielleicht ist es mir peinlich. Vielleicht bin ich mir bis dahin ganz sicher. In diesem Moment macht es aber grad gar nichts, dass ich es nicht weiß. Gerade finde ich es eigentlich ziemlich kribbelig, es nicht zu wissen. Bald fängt die Mittelstufe an. Ich werde neue Leute kennenlernen, Jungs und Mädchen. Mir werden an den unterschiedlichsten Stellen neue Haare wachsen. Lady kriegt Waldos Welpen. Ich werde auf Partys gehen und in den Jugendclub. Ich werde Dinge tun, die ich noch nie vorher gemacht habe, mit Leuten, die ich noch nicht kenne. Ich werde auf die Klappe fliegen, tausendmal wahrscheinlich. Aber was soll's? Ich glaube, ich weiß, wie wieder Aufstehen geht.

Aber jetzt muss ich wirklich zurück zu Indiane ins Zelt. Ich bin mir noch nicht ganz sicher, ob ich das mit dem Küssen nicht doch ausprobieren sollte?!

EINEN DANK AN:

Maike Dörries, meine deutsche Übersetzerin, für den ersten Satz und die Idee. Ohne dich würde es dieses Buch nicht geben!
Waldo für das, was du nicht weißt.
Bernt und Familie für das Ausleihen von Waldo.
Alle guten Freunde, die auf schwierige Fragen geantwortet haben.
Tor für Bücher, die viel besser sind als dieses.
Die Schüler von Stakkevollan und Workinmarka in Tromsø.
Freunde auf Facebook, die mir Fragen zu den abstrusesten Dingen beantwortet haben.

Und an alle daheim: Ingrid, Sindre und Frida, die auch den Sommer mit mir überstanden haben, als ich dieses Buch fertig geschrieben habe.

Alle Personen und Orte in dieser Geschichte sind frei erfunden, auch wenn manche Namen tatsächlich existierenden Personen und Orten verdächtig ähnlich sind.

Weißt du, wer du **morgen** bist?

Band 1

Band 2

Band 3

Band 4; erscheint im Herbst 2017

Vier Mal wird Ethan Miller seinen Körper wechseln, sich vier Mal in einen anderen Menschen verändern müssen. Denn er ist Teil der „Changers", einer Gruppe von Menschen, die sich verwandeln, bevor sie eine feste Identität wählen.
Was werden die Gegner der Changers unternehmen? Und ist die Organisation wirklich so gut, wie sie vorgibt zu sein? Die wichtigste Frage aber lautet: Welche Identität wird Ethan am Ende wählen?

Jeder Band €/D 16,99

kosmos.de Preisänderungen vorbehalten